मेटामोर्फ़ोसिस

लेखक

फ़्रांज़ काफ़्का

Copyright © 2020 Sanage Publishing House LLP

All rights reserved. No part of this publication may be reproduced, distributed, or transmitted in any form or by any means, including photocopying, recording, or other eletronic or mechanical methods, without the prior written permission of the publisher, except in the case of brief quotations embodied in critical reviews and certain other noncommercial uses permitted by copyright law. For permission requests, write to the publisher, addressed "Attention Permissions Coordinator," at the address below.

Paperback: 978-811962305-1
eBook: 978-819689203-6

Any references to historical events, real people, or real places are used fictitiously. Names, characters, and places are products of the author's imagination.

Sanage Publishing House LLP
Mumbai, India

sanagepublishing@gmail.com

मेटामोर्फोसिस

फ़्रांज़ काफ़्का (1883-1924) जर्मन भाषी बोहेमियन यहूदी उपन्यासकार थे, जो 20वीं सदी के अग्रणी लेखकों में से एक थे। उनके उपन्यास द जजमेंट (1913) और द ट्रायल (1925) ने एक लेखक के रूप में उनकी प्रतिष्ठा को मजबूत किया। काफ़्का की लेखन शैली संक्षिप्त थी, लेकिन उनके कार्यों में निराशा और अलगाव के विषय बार बार आते थे। वे बेहतरीन लघु कथाओं के लेखक भी थे, जिनका स्वर अस्तित्ववादी था। हालाँकि जब तक वह जीवित थे उस दौरान उन्हें बहुत कम साहित्यिक ध्यान मिला। काफ़्का के घनिष्ठ मित्र मैक्स ब्रोड ने काफ़्का की मृत्यु के बाद उनके लेखन को नष्ट करने के निर्देशों से इंकार करते हुए उनकी साहित्यिक विरासत को संरक्षित करने में महत्त्वपूर्ण भूमिका निभाई। अपने मित्र की याद में ब्रोड ने काफ़्का के लेखन को प्रकाशित और प्रचारित किया जिस कारण वह जर्मन साहित्य के एक महत्त्वपूर्ण लेखक बन गए। 'काफ़्केस्क' शब्द काफ़्का के नाम से लिया गया है और यह उन बुरी, बेतुकी और दमनकारी स्थितियों को दर्शाता है, जिन स्थितियों का सामना अक्सर उनके कहानियों, उपन्यासों आदि के नायक करते हैं। 40 वर्ष की कम उम्र में तपेदिक से उनका निधन हो गया। उनके छोटे जीवन के बावजूद, साहित्य में उनके योगदान का स्थायी और गहरा प्रभाव रहा है।

परिचय

लेखक फ्रांज़ काफ़्का का जन्म एक समृद्ध मध्यमवर्गीय यहूदी परिवार में हुआ। उनके पिता हरमन काफ़्का एक व्यापारी थे तथा उनकी माँ का नाम जूली लोवी था। बचपन में ही दो भाइयों की मृत्यु हो जाने के बाद काफ़्का ही अपने परिवार के सबसे बड़े बच्चे थे और जीवनभर सचेत होकर बड़े भाई के रूप में अपनी भूमिका निभाते रहे। उनकी तीन बहनों में सबसे छोटी बहन ओटला अपने परिवार में उनकी सबसे करीबी पारिवारिक सदस्या थी। काफ़्का अपनी आध्यात्मिकता, बौद्धिक विशिष्टता, धर्मपरायणता, रब्बी शिक्षा (यहूदी शिक्षा), उदासीन स्वभाव और नाज़ुक शारीरिक और मानसिक संरचना के कारण ख़ुद को अपने मातृपक्ष के बुज़ुर्गों के बहुत करीब पाते थे। हालाँकि, भावनात्मक रूप से वह अपनी माँ के कुछ ख़ास करीब नहीं थे, क्योंकि वह अपने पति, हरमन काफ़्का के अधीन थीं, जिनका स्वभाव गुस्सैल और सख़्त स्वभाव का था और वह उसके कठिन व्यवसाय में हाथ बंटाती हुई शायद अपने बेटे के संघर्षों और उसके साहित्य या लेखन के माध्यम से कल्पनाशील और स्वप्न जैसे विचारों और भावनाओं को लिखने की लाभहीन और शायद अस्वस्थ प्रतिबद्धता के बारे में कम समझ पाई थी।

काफ़्का और उनके पिता के बीच संबंध

काफ़्का का अपने पिता के साथ संबंधों का उनके जीवन और कार्यों पर गहरा प्रभाव पड़ा। वास्तव में, उन्होंने अपने लेखन में पिता की इस छवि को बहुत प्रभावशाली तरीके से स्पष्ट किया है। उनकी कृतियों में पिता का व्यक्तित्व - अक्खड़, व्यावहारिक और दबंग दुकानदार के रूप में चित्रित है, जिसकी प्रवृति पौराणिक राक्षसों की तरह प्रभुत्वशाली और अत्याचारी थी और जो भौतिक सफलता और सामाजिक उन्नति के अलावा किसी और चीज़ को नहीं पूजता था। काफ़्का ने अपनी आत्मकथा में इसे व्यक्त करने का बहुत महत्वपूर्ण प्रयास किया है। उनके लिखे 'ब्रीफ एन डेन वेटर (1919 में लिखा गया; लेटर टू फादर) एक पत्र जो कभी पते पर नहीं पहुँचा' जिसमें उनका मानना है कि एक पूर्ण जीवन जीने, अपने माता-पिता के प्रभाव से मुक्त होने, अपनी ख़ुद की पहचान स्थापित करने और स्वयं के शादी करने और पिता बनने में असमर्थता का कारण उनके जीवन में

पिता का कठोर रवैया था। काफ़्का को लगता था कि वे अपने पिता के सख्त और प्रभुत्वशाली स्वभाव के कारण वे अपनी इच्छा या स्वतंत्रता का दावा करने में कमजोर और असमर्थ रहे थे। परिणामस्वरूप, उन्होंने ख़ुद से पलायन करने और आत्म-अभिव्यक्ति के साधन के रूप में साहित्य की ओर रुख किया। उन्हें लगा जैसे उनके पिता के प्रभाव ने उनकी इच्छा कुचल दी है। काफ़्का का पिता के साथ सीधा संघर्ष उनकी कहानी दास उर्टिल (1913; द जजमेंट) में परिलक्षित होता है। पिता के किरदार के साथ यह संघर्ष काफ़्का के उपन्यासों में बड़े पैमाने पर पेश किया गया है, जो उनके स्पष्ट, सरल गद्य में एक व्यक्ति के जबरदस्त आंतरिक संघर्षों को दर्शाता है। काफ़्का की रचनाएँ अक्सर शक्ति और अलगाव के विषयों के इर्द-गिर्द घूमती हैं। उन्होंने शक्ति को एक ऐसी चीज़ के रूप में चित्रित किया, जो या तो अपने शिकार को सता सकती है, जैसा कि "द ट्रायल" में देखा गया है या फिर ये इतनी छद्म हो सकती है, जिसकी आप खोज कर सकते है या व्यर्थ ही जिसकी भीख माँग सकते है (दास श्लॉस [1926; द कैसल] में), लेकिन उसे कभी प्राप्त नहीं किया जा सकता है, फिर भी कहा जा सकता है कि काफ़्का ने अपनी युवावस्था गुजारने के लिए जिस बेचैनी और निराशा का साथ चुना, उसकी जड़ें उनके पिता और परिवार के साथ उनके संबंधों के मुक़ाबले बहुत गहरी हैं। काफ़्का की निराशा का स्रोत सब लोगों जैसे - जिन दोस्तों, महिलाओं को वह प्यार करते थे, जिस नौकरी से वह नफरत करते थे, जिस समाज में वह रहा करते थे - और भगवान या उसके कहे अनुसार सच्चे अविनाशी अस्तित्व, इन सबके साथ एक सच्चे जुड़ाव से एक गहन अलगाव की भावना में निहित है।

काफ़्का जिस परिवार में पैदा हुए, वह धार्मिक और सामाजिक यहूदी परंपराओं का दृढ़ता से नहीं, बल्कि औपचारिक रूप से पालन करता था। काफ़्का भाषाई और सांस्कृतिक दोनों तरह से जर्मन थे। काफ़्का स्वभाव से एक डरपोक, अपराध-बोध से ग्रस्त और आज्ञाकारी किस्म का बच्चा थे, जिसने अपने प्राइमरी स्कूल में और 'अल्टस्टैडर स्टैट्सजिम्नैजियम' नाम के हाई स्कूल में अच्छा प्रदर्शन किया था, जो अभिजात वर्ग के लिए एक सख्त अकादमिक स्कूल था। उनके शिक्षक उनका सम्मान करते थे और उन्हें पसंद करते थे। हालाँकि, अंदरुनी तौर पर उन्होंने उस सत्तावादी प्रणालियों और अमानवीय मानवतावादी पाठ्यक्रम के खिलाफ विद्रोह किया, जिसमें रटने और शास्त्रीय भाषाओं पर जोर दिया गया था। समय के साथ एक किशोर के रूप में स्थापित समाज के प्रति काफ़्का का विरोध तब सामने आया, जब उन्होंने ख़ुद को समाजवादी और नास्तिक घोषित कर दिया। अपने पूरे वयस्क जीवन में उन्होंने समाजवादियों के प्रति उल्लेखनीय

सहानुभूति व्यक्त की, उन्होंने चेक अराजकतावादियों (प्रथम विश्व युद्ध से पहले) की बैठकों में भाग लिया और बाद में कुछ वर्षों तक उन्होंने एक सामाजिक ज़ियोनीवाद के प्रति अच्छी-खासी रुचि और सहानुभूति दिखाई। तब भी उन्होंने मूलतः, एक निष्क्रिय और राजनीतिक रूप से अलग रुख बनाए रखा। एक यहूदी के रूप में, काफ़्का को प्राग में जर्मन समुदाय से अलग कर दिया गया था, लेकिन एक आधुनिक बुद्धिजीवी के रूप में वे अपनी यहूदी विरासत से भी अलग रहे। वह चेक (Czech) राजनीतिक और सांस्कृतिक आकांक्षाओं के प्रति सहानुभूति रखते थे, लेकिन अपनी जर्मन सांस्कृतिक पहचान की वजह से वे इन सहानुभूतियों को भी उजागर नहीं कर पाए और उन्हें दबा कर रखा। इस प्रकार, इन सामाजिक अलगावों और जड़हीनता ने सारी ज़िंदगी काफ़्का की व्यक्तिगत उदासी में योगदान दिया।

काफ़्का का दोहरा जीवन

हालाँकि, इस बीच प्राग में काफ़्का की कुछ जर्मन यहूदी बुद्धिजीवियों और साहित्यकारों से मित्रता हो गई और 1902 में उनकी मुलाकात मैक्स ब्रोड से हुई। यह मामूली सा साहित्यकार काफ़्का के दोस्तों में सबसे घनिष्ठ और उनका ध्यान रखने वाला अंतरंग दोस्त बन गया और अंत में, काफ़्का के साहित्यिक निष्पादक के रूप में वही उनके लेखन का प्रवर्तक, रक्षक, व्याख्याकार और उनके सबसे प्रभावशाली जीवनी लेखक के रूप में उभरा। इन दोनों का परिचय तब हुआ जब काफ़्का प्राग विश्वविद्यालय में कानून की पढ़ाई कर रहे थे। 1906 में उन्होंने डॉक्टरेट की उपाधि ग्रहण की और 1907 में उन्होंने 'एसिकुराज़ियोनी जेनराली' नाम की एक बीमा कंपनी में स्थायी नौकरी कर ली। हालाँकि, इस नौकरी की लंबी समयावधि और अपनी ज़रूरतों को लेकर कम्पनी की सख्ती की वजह से काफ़्का ख़ुद को लेखन के लिए समर्पित नहीं कर पाए। 1908 में उन्हें प्राग में बोहेमिया साम्राज्य के लिए अर्धराष्ट्रीयकृत श्रमिक दुर्घटना बीमा संस्थान में नौकरी मिल गई। वहाँ वे 1917 तक रहे, वहीं तपेदिक की बीमारी ने उन्हें घेर लिया और वे थोड़े-थोड़े समय के अंतराल पर बीमारी को लेकर छुट्टियाँ लेने के लिए मजबूर हो गए और आखिरकार, अपनी मृत्यु से लगभग दो साल पहले, 1922 में (पेंशन के साथ) सेवानिवृत्त हो गए। अपनी नौकरी के कार्यकाल में काफ़्का को अथक और महत्वाकांक्षी माना जाता था और वह जल्द ही अपने बॉस का दाहिना हाथ बन गए थे। उनके साथ काम करने वाले सभी लोग उनका सम्मान करते थे और उन्हें पसंद करते थे।

सच कहें, तो आम तौर पर काफ़्का एक आकर्षक, समझदार और मजाकिया किस्म के व्यक्ति थे, लेकिन उनके लिए अपनी रोज़ाना ऑफिस की नौकरी और थका देने वाली दोहरी ज़िंदगी (क्योंकि उनकी रातें अक्सर लेखन में बीतती थीं) उन्हें किसी कष्टदायी यातना की तरह लगती थीं और इसी वजह से उनके अंतरग व्यक्तिगत रिश्ते विक्षिप्त रूप से परेशान थे। उनके जटिल और उलझे हुए व्यक्तित्व के परस्पर विरोधी झुकावों को अभिव्यक्ति उनके शारीरिक संबंधो में मिली। अवरोध और हिचकिचाहट की भावना ने फेलिस बाउर के साथ उनके संबंधों को दर्दनाक रूप से परेशान किया, जिनके साथ उनकी 1917 में अंतिम संबध विच्छेद से पहले दो बार सगाई हुई थी। बाद में मिलिना जेसेंस्का पोलाक के लिए उनका प्यार भी विफल हो गया था। उनका स्वास्थ्य ख़राब रहने लगा था और ऑफिस का काम उन्हें बहुत थका देता था। 1917 में पता चला कि उन्हें तपेदिक है और उसके बाद से वे नियमित रूप से सैनिटोरियम में समय बिताने लगे।

1923 में काफ़्का ख़ुद को लेखन के प्रति समर्पित करने के लिए बर्लिन चले गए। उसी साल के अंत में बाल्टिक सागर तट पर एक छुट्टी बिताने के दौरान, उनकी मुलाकात डोरा डायमंट (Diamant) से हुई, जो एक यहूदी और समाजवादी युवा महिला थी। यह जोड़ा 1924 तक बर्लिन में रहा, तब तक वसंत के दौरान काफ़्का का स्वास्थ्य काफी खराब हो गया था। अंतिम बार उन्होंने थोड़े समय के लिए प्राग में प्रवास किया, जहाँ डायमंट उनके साथ रहने लगी थी, फिर वियना के पास एक क्लिनिक में तपेदिक से काफ़्का की मृत्यु हो गई।

फ़्रांज़ काफ़्का की कृतियाँ

अग्रणी और लीक से कुछ हटकर, प्रकाशकों द्वारा माँगे जाने पर, काफ़्का ने अनिच्छा से अपने जीवनकाल के दौरान अपने कुछ लेखन प्रकाशित किए। इन प्रकाशनों में बेश्रेइबुंग ईन्स काम्फ़ेस (1936; एक संघर्ष का विवरण) और बेट्राचतुंग (1913; मेडिटेशन) के दो खंड (1909) शामिल हैं, जो छोटे गच्च टुकड़ों का संग्रह है। इनमें एक कलाकार के रूप में काफ़्का की परिपक्वता का प्रतिनिधित्व करने वाले अन्य कार्य भी शामिल हैं जैसे: द जजमेंट, जो 1912 में लिखी गई और इसके एक साल बाद प्रकाशित हुई। दो लंबी कहानियाँ मेटामोर्फ़ोसिस (1915 में प्रकाशित) और इन द डेर स्ट्राफकोलॉनी (1919; इन द पेनल कॉलोनी) और ऐन लैंडार्ज़्ट (1919; ए कंट्री डॉक्टर) और इन हंगरकुन्स्टलर (1924; ए हंगर आर्टिस्ट) ये गद्य का एक लघु संग्रह थी। काफ़्का की

खास शैली की संक्षिप्तता और स्पष्टता को प्रदर्शित करने वाली चार कहानियाँ भी उनके द्वारा तैयार की गई थीं, लेकिन वे उनकी मृत्यु के बाद तक भी सामने नहीं आईं। दरअसल, अपने काम के बारे में ग़लत-फ़हमी के कारण काफ़्का ने अपनी मृत्यु से पहले अनुरोध किया था कि उनकी सभी अप्रकाशित पांडुलिपियों को नष्ट कर दिया जाए, लेकिन उनके मित्र ब्रोड जो उनके साहित्यिक निष्पादक थे, उन्होंने उनके निर्देशों को नहीं माना और क्रमशः 1925, 1926 और 1927 में उनके द ट्रायल, द कैसल और अमेरिका नमक उपन्यासों के साथ-साथ छोटे टुकड़ों का एक संग्रह, बेइम बाउ डेर चिनसिसचेन माउर (द ग्रेट वॉल ऑफ चाइना) भी 1931 में प्रकाशित किया। काफ़्का का शुरुआती कार्य जैसे- डिस्क्रिप्शन ऑफ एक स्ट्रगल और मेडिटेशन (लगभग 1904 में शुरू हुआ)। हालाँकि उनकी शैली बाद के कार्यों की तुलना में अधिक ठोस रूप से चिंतित है, भले ही वे बाद के कार्यों की तुलना में कम व्यवस्थित या तार्किक है, लेकिन काफ़्का के शुरुआती कार्य भी शुरू से ही मौलिक और विशिष्ट है। इन कृतियों के पात्र दूसरों के साथ संचार स्थापित करने में या अक्सर अपने विचारों और भावनाओं को अपने आस-पास के लोगों से जोड़ने गा व्यक्त करने में विफल रहते हैं। वे एक रहस्यमय या अपरंपरागत तर्क के अनुसार काम करते हैं, जो रोजमर्रा की सामान्य ज़िंदगी के तर्क के साथ मेल नहीं खाता और उनकी दुनिया परेशान करने वाली विचित्र घटनाओं और हिंसा में बदल जाती है। प्रत्येक पात्र आंतरिक उथल-पुथल और पीड़ा की केवल एक व्यथित आवाज़ है, जो दुनिया को अपने तरीके से जानने और समझने की व्यर्थ खोज कर रहा है तथा अपनी पहचान पाने और अपने जीवन में अर्थ व उद्देश्यों पर विश्वास करने के तरीक़ों से जूझता है।

काफ़्का की कई दंतकथाओं में सामान्य व शानदार का गूढ़ और चौंकाने वाला मिश्रण शामिल है, हालाँकि कभी-कभी, उस विचित्रता की व्याख्या साहित्यिक या मौखिक साधन के रूप में की जा सकती है, जैसे- जब कोई रोग संबंधी मानसिक या भावनात्मक स्थिति के कारण पात्रों में भ्रम या विकृत अवस्था को वास्तविकता का दर्जा दिया जाता है या जब एक सामान्य अलंकार या रूपक की शाब्दिक रूप से व्याख्या की जाती है। इस प्रकार, द जजमेंट में एक बेटा अपने वृद्ध पिता के आदेश पर निर्विवाद रूप से आत्महत्या कर लेता है। 'द मेटामोर्फोसिस' में उनका बेटा, ग्रेगर सैम्सा सुबह जागता है और ख़ुद को एक राक्षसी और घृणित कीट में तब्दील पाता है, जिससे वह न केवल ख़ुद को लेकर बल्कि अपने परिवार की शर्मिंदगी और उनकी उपेक्षा के कारण व अपने ख़ुद के अपराध- बोध और निराशा के कारण धीरे-धीरे मर जाता है।

उनकी कई कहानियाँ तो और भी अथाह हैं। "इन द पेनल कॉलोनी" में काफ़्का एक ऐसे अधिकारी को प्रस्तुत करते है, जो अपने कर्तव्य के प्रति समर्पण के प्रदर्शन में भयानक आत्म-उत्पीड़न से गुजरने को तैयार है (चिकित्सकीय वर्णन), भले ही इसमें यातना के क्रूर उपकरण का उपयोग शामिल है। यह विषय, किसी कार्य के मूल्य की अस्पष्टता और उसके प्रति समर्पण की भयावहता को दर्शाता है, जो- काफ़्का की निरंतर तन्मयताओं में से एक - ए हंगर आर्टिस्ट में फिर से दिखाई देती है। कल्पित कहानी वोर डेम गेसेट्ज़ (1914; कानून से पहले जिसे बाद में द ट्रायल में शामिल किया गया) में इसके (कानून) अर्थ की दुर्गमता और इसके लिए मानव जाति की दृढ़ लालसा दोनों को प्रस्तुत किया गया है। काफ़्का के जीवन के आखिरी साल, 1923-24 में लिखी गई कुछ दंतकथाएँ है, जो समझ और सुरक्षा के लिए व्यक्ति के व्यर्थ, लेकिन निडर संघर्ष पर आधारित है।

उन्होंने लघु दंतकथाओं के कई रूपांकन अपने उपन्यासों में दोहराए हैं। उदाहरण के लिए, काफ़्का के अधूरे उपन्यास 'अमेरिका' में एक लड़के कार्ल रॉसमैन को उसके परिवार ने अमेरिका भेज दिया। वहाँ वह कई पिता तुल्य लोगों के यहाँ आश्रय चाहता है। उसकी मासूमियत और सादगी का हर जगह शोषण किया जाता है और उपन्यास के अंतिम अध्याय में सपनों की दुनिया, "ओक्लाहोमा के प्रकृति-थिएटर" में उनके प्रवेश का वर्णन किया गया है, जिस पर काफ़्का ने एक विचार दिया कि रॉसमैन अंततः खत्म हो जाएगा। द ट्रायल में जोसेफ के., जो एक सक्षम और कर्तव्यनिष्ठ बैंक अधिकारी है, उसे बेरहमी से अचानक वहाँ मौजूद जमानतदारों द्वारा गिरफ्तार कर लिया जाता है। मजिस्ट्रेट की अदालत में जांच एक घिनौना तमाशा बनकर रह जाती है, उसके खिलाफ न तो कभी कोई आरोप तय किया जाता है और न ही अदालतें इस बिंदु से आगे बढ़कर कोई और पहल करती हैं, लेकिन जोसेफ के. अपने दुर्गम मुकदमे की खोज और अज्ञात अपराध से बरी होने की तलाश में ख़ुद को खपा देता है। वह अपनी बेगुनाही साबित करने के लिए जिन मध्यस्थों से अपील करता है उनकी सलाह और स्पष्टीकरण उसकी ज़िंदगी में नई परेशानियाँ पैदा कर देती हैं, जिससे वह बेतुकी चालें अपनाता है और घिनौनेपन, अँधेरे और अशिष्टता में फंस जाता है। एक कैथेड्रल चर्च में आराम करते हुए एक पुजारी उसे बताता है कि उसकी बेगुनाही का विरोध अपने-आप में ख़ुद एक अपराध का संकेत है और जिस न्याय को पाने के लिए वह मारा-मारा फिर रहा है, उसे उस तलाश को हमेशा के लिए रोक देना चाहिए। अंतिम अध्याय में उसे फांसी होने वाली है, जिसका वर्णन इस तरह किया गया है कि वह अभी भी मदद के लिए उम्मीद से चारों ओर देख रहा है और

आखिर तक विरोध करता है। यह काफ़्का का सबसे गहन दुख, अंधेरे और निराशा से भरा काम है, जिसके अनुसार बुराई हर जगह है, पात्रों की अपनी परेशानियों से बरी होने या अपनी परिस्थितियों से मुक्ति पाने की कोई उम्मीद नहीं है और उनका उन्मादी प्रयास केवल एक व्यक्ति की वास्तविक नपुंसकता या उनके संघर्षों की निरर्थकता को उजागर करता है।

द कैसल में, जो काफ़्का के अंतिम और अधूरे कार्यों में से एक भी है, उसकी पृष्ठभूमि एक महल के प्रभुत्व वाले गाँव की है। जिसमें ऐसा लगता है कि जैसे इस शीतकालीन परिदृश्य में समय रुक गया है और लगभग सभी दृश्य मानो अंधेरे में घटित होते हैं। कहानी का नायक के. महल के अधिकारियों द्वारा नियुक्त भूमि सर्वेक्षणकर्ता होने का दावा करते हुए गाँव में आता है। उसका दावा गाँव के अधिकारियों द्वारा खारिज कर दिया जाता है, इस उपन्यास में कहानी के नायक के. द्वारा भी एक ऐसे प्राधिकारी से मान्यता प्राप्त करने के प्रयासों का वर्णन है, जो जोसेफ के.(द ट्रायल) की अदालतों तक पहुँचने जितना ही दुर्लभ है, लेकिन यह पात्र के. पीड़ित नहीं है, बल्कि वह एक आक्रामक है, जो अहंकारी व छोटी सोच रखने वाले अधिकारियों और उनके अधिकार को स्वीकार करने वाले ग्रामीणों, दोनों को चुनौती देता है, लेकिन उसकी सारी युक्तियाँ विफल हो जाती हैं। जोसेफ के. की तरह ही वह भी एक नौकरानी से प्यार करता है, जिसका नाम फ्रीडा है.किन्तु जब उस नौकरानी को पता चलता है कि वह बस उसका उपयोग कर रहा है, तो वह उसे छोड़ देती है। ब्रोड का मानना है कि काफ़्का का इरादा था कि अपने दूसरे मुख्य पात्रों की तरह इसमें भी के. अपने प्रयासों से थककर मर जाए, लेकिन जब वह अपनी मृत्यु शैय्या पर हो तो उसे रहने का परमिट मिल जाए। इस तरह, इस उपन्यास में नए तत्व हैं। यह दुखद ज़रूर है, लेकिन उजाड़ नहीं। जबकि काफ़्का के अधिकांश पात्र महज कार्य हैं, फ्रीडा एक दृढ़ निश्चयी, शांत और तथ्यपरक स्त्री हैं। उसी के व्यक्तित्व के माध्यम से के. अपनी इच्छाओं और तलाश के संभावित समाधान के बारे में कुछ अंतर्दृष्टि पाता है और जब वह उसके बारे में स्नेह से बात करता है, तो ऐसा लगता है कि काफ़्का खुद अपने अलगाव की भावना को तोड़ रहें है।

काफ़्का की कहानियों और उपन्यासों ने व्याख्याओं की एक विस्तृत श्रृंखला प्राप्त की हैं। ब्रोड और काफ़्का के सबसे पहले अंग्रेजी अनुवादक, एडविन मुइर और उनकी पत्नी, विला, उन उपन्यासों को दैवीय कृपा के रूपक के रूप में देखते थे। अस्तित्ववादियों ने काफ़्का के अपराधबोध और निराशा के माहौल को एक ऐसे आधार के रूप में देखा है

जिस पर एक प्रामाणिक अस्तित्व का निर्माण होता है। कुछ लोगों का मानना है कि अपने पिता के साथ उनके विक्षिप्त संबंध ही उनके लेखन का मूल है। कुछ अन्य लोगों ने सामाजिक आलोचना, शक्तिशाली लोगों और उनके एजेंटों की अमानवीयता, सामान्य दिनचर्या के नीचे छिपी हिंसा और बर्बरता पर जोर दिया है। कुछ लोगों को द ट्रायल की बेतरतीब और चेहराविहीन नौकरशाही के आतंक में अधिनायकवाद की लगातार घुसपैठ की कल्पनाशील प्रत्याशा मिली है। इनमें से प्रत्येक व्याख्या के लिए दोनों कार्यों और डायरियों में साक्ष्य मौजूद हैं, लेकिन समग्र रूप से काफ़्का का कार्य उन सभी से परे है। एक आलोचक ने इसे सबसे सटीक रूप से तब रखा, जब उसने इन कार्यों को ऐसे "खुले दृष्टांत" के रूप में लिखा था, जिसके अंतिम अर्थ कभी भी समाप्त नहीं किये जा सकते है।

लेकिन काफ़्का की कृतियाँ सीमित हैं। उनकी प्रत्येक रचना में आत्मा और शरीर के विरोधाभास से पीड़ित एक ऐसे व्यक्ति के निशान मिलते हैं, जो अर्थ, सुरक्षा, आत्म-मूल्य और उद्देश्य की भावना के लिए बहुत हताशा के साथ ही सही, लेकिन हमेशा आंतरिक रूप से खोज करता है। काफ़्का ने ख़ुद अपने लेखन और अपने रचनात्मक कार्य को "मुक्ति" के साधन के रूप में, एक "प्रार्थना के रूप" के रूप में देखा, जिसके माध्यम से वह दुनिया के साथ मेल-मिलाप कर सकता था या इसके बारे में अपने नकारात्मक अनुभव को दूर कर सकता था। उनकी रचनाओं में स्पष्ट रूप से वर्णित अकथनीय अंधकार, ख़ुद काफ़्का के उदास व्यक्तिगत संघर्षों को प्रकट करता है किन्तु उनके बेबस चरित्रों और उनके साथ होने वाली अजीब घटनाओं के माध्यम से लेखक ने एक सम्मोहक प्रतीकवाद हासिल किया है, जो अधिक व्यापक रूप से 20 वीं सदी की दुनिया में व्याप्त चिंता और अलगाव को दर्शाता है।

उनकी मृत्यु के समय, काफ़्का की प्रशंसा केवल एक छोटे साहित्यिक समूह द्वारा की गई थी। अगर ब्रोड ने काफ़्का के वसीयतनामे में अपने नाम लिखे -दो नोट्स का सम्मान किया होता, तो उनका नाम और काम बच नहीं पाता, जिसमें उन्होंने अपने मित्र को सभी अप्रकाशित पांडुलिपियों को नष्ट करने और जो काम पहले से ही प्रकाशित हो चुका था, उसे दोबारा प्रकाशित न करने की माँग की गई थी। ब्रोड ने इस वसीयतनामे के विपरीत रास्ता अपनाया और इस तरह काफ़्का के मरणोपरांत उनके नाम और काम को दुनिया भर में प्रसिद्धि मिली। एडॉल्फ हिटलर के शासनकाल के दौरान सबसे पहले फ्रांस और अंग्रेजी भाषी देशों में उनके काम का प्रसार उस समय हुआ, जब काफ़्का की तीनों

बहनों को निर्वासित कर 'कन्सनट्रेशन शिविरों' में मार दिया गया था। 1945 के बाद काफ़्का के काम को जर्मनी और ऑस्ट्रिया में फिर से खोज कर सामने लाया गया और इसने जर्मन साहित्य को प्रभावित किया। 1960 के दशक तक यह प्रभाव वैश्विक हो गया और काफ़्का के जन्म स्थान, जो अब साम्यवादी चेकोस्लोवाकिया बन चुका हैं, उनके बौद्धिक, साहित्यिक और राजनीतिक जीवन तक भी फैल गया।

मेटामोर्फोसिस

I

एक सुबह, ग्रेगर सैम्सा जब एक भयानक सपने से जागा, तो उसने ख़ुद को अपने बिस्तर पर एक भयानक कीड़े में तब्दील पाया। वह अपनी कवच जैसी पीठ के बल लेटा हुआ था और जब उसने अपना सिर थोड़ा ऊपर उठाया तो अपना गुंबद की तरह थोड़ा उभरा हुआ, भूरे रंग का पेट देखा, जो बड़ा और सख्त खंडों में बांटा हुआ था। चादर से ओढ़ा हुआ उसका शरीर उसे बड़ी मुश्किल से ढक पा रहा था और ऐसा लग रहा था मानो वह किसी भी पल फिसल कर नीचे गिरने वाला है। उसने देखा कि उसके कई पैर थे, जो आकार में शरीर के बाकी हिस्सों के तुलना में बहुत पतले और कमज़ोर होने के कारण इधर-उधर लटक रहे थे।

"मुझे क्या हुआ है?" उसने सोचा। यह कोई सपना नहीं था। उसका कमरा, हालाँकि थोड़ा ज़्यादा ही छोटा था, लेकिन हर लिहाज से वह एक इंसान का ही कमरा नज़र आ रहा था, जिसकी चारों चिर-परिचित दीवारों के बीच शांति पसरी हुई थी। मेज पर कपड़ों के नमूनों का कलेक्शन फैला हुआ था - क्योंकि सैम्सा एक ट्रैवलिंग सेल्समैन था। उसके ऊपर एक तस्वीर टंगी थी, जिसे उसने हाल ही में एक फोटो मैग्जीन से काटा था जिसे एक अच्छे, सुनारे फ्रेम में जड़वाया था। इस फोटो में एक महिला को फर टोपी और फर बोआ पहने हुए दिखाया गया था, जो सीधी बैठी है, उसके फर से बने भारी मफ ने उसकी निचली बांह को पूरा ढक रखा था।

फिर ग्रेगर ने खिड़की से बाहर के बेकार मौसम को देखा। बारिश की बूंदें शीशे से टकराती हुई सुनाई दे रही थीं, जिसे सुनकर वह बहुत दुखी हो गया। उसने सोचा, "अगर मैं थोड़ी देर और सो जाऊँ और यह सारी बकवास भूल जाऊँ तो कैसा रहेगा" लेकिन अभी उसके लिए ऐसा करना नामुमकिन था, क्योंकि उसे दाहिनी तरफ करवट लेकर सोने की आदत थी और अपनी वर्तमान स्थिति में वह ऐसे नहीं सो सकता था। चाहे वह अपने आप को कितना भी जोर से दाहिनी ओर धकेलता, पर हर बार वह जहाँ था, लुढ़क कर वहीं गिर जाता। उसने अपनी आँखें बंद करके इस कोशिश को कम से कम सौ बार आज़माया होगा, ताकि उसे अपने लड़खड़ाते पैरों को न देखना पड़े और बस तभी रुका जब उसे

हल्का-सा, बहुत धीमा-धीमा दर्द महसूस होने लगा, जो उसने पहले कभी महसूस नहीं किया था।

"हे भगवान!", उसने सोचा, "मैंने कितना कठिन करियर चुना है! जिसमें रोज-रोज सफ़र करना होता हैं। घर पर अपने ख़ुद के बिज़नेस की तुलना में ऐसे बिज़नेस में बहुत ज़्यादा कोशिशें करनी पड़ती है, इसमें सबसे बड़ा अभिशाप तो रोजाना की यात्राएँ है, इसके अलावा ट्रेन पकड़ने की चिंता, खराब और अनियमित खाना, हर वक्त नये-नये लोगों से संपर्क करना होता है, जिससे आप कभी किसी को ठीक से जान ही नहीं पाते या उसके साथ कोई दोस्ताना रिश्ता नहीं बन पाते। भाड़ में जाए यह सब!" उसे अपने पेट पर हल्की सी खुजली महसूस हुई तो उसने ख़ुद को धीरे-धीरे अपनी पीठ के बल बेड के सिरे की तरफ खिसकाया ताकि वह अपना सिर ढंग से ऊपर उठा सके। तब पता चला कि खुजली कहाँ थी तभी उसने देखा कि वह बहुत सारे छोटे सफ़ेद धब्बों से ढका हुआ था, वह नहीं जानता था कि इनका क्या किया जाए और जब उसने अपने एक पैर से उस जगह को महसूस करने की कोशिश की तो उसे तुरंत अपना पैर पीछे खींच लेना पड़ा, क्योंकि जैसे ही उसने उस जगह को छुआ तो उसे एक ठंडी कंपकंपी महसूस हुई।

वह अपनी पहले वाली स्थिति में वापस आ गया। "हर रोज जल्दी उठना", उसने सोचा, "यह बेवकूफ़ी है। आपको भरपूर नींद लेनी ही चाहिए। दूसरे ट्रैवलिंग सेल्समैन तो लग्जरी लाइफ जीते हैं। जैसे- जब भी मैं अपने कॉन्ट्रैक्ट की कॉपी लेने के लिए सुबह गेस्ट हाउस में वापस जाता हूँ, तो वे महाशय अभी भी बैठकर अपना नाश्ता कर रहे होते हैं। मुझे भी बॉस के साथ ऐसा करना चाहिए, लेकिन वह मुझे मौके पर ही निकाल कर बाहर कर देगा, क्या पता, शायद यही मेरे लिए सबसे अच्छी बात हो। अगर मुझे अपने माँ-बाप के बारे में सोचना नहीं होता, तो मैंने बहुत पहले ही नौकरी छोड़ने का नोटिस दे दिया होता, मैं बॉस के पास जा चुका होता और उसे यह बता दिया होता कि मैं क्या सोचता, क्या चाहता और क्या महसूस करता हूँ। यह सब सुनते ही वह सीधा अपनी मेज से गिर जाएगा। यह कितना अजीब सा काम है, अपने डेस्क पर बैठे रहना, वहीं से अपने कर्मचारियों को सुनाते हुए उन्हें नीचा दिखाना और खासकर तब सबसे अजीब लगता है जब आपको बॉस के बिल्कुल करीब जाना पड़ता है, क्योंकि उसे सुनने में कठिनाई होती है। ख़ैर, अभी भी थोड़ी सी उम्मीद है कि एक बार मेरे पास अपने माँ-पिताजी का कर्ज़ चुकाने के लिए पैसे इकट्ठे हो जाएं—मुझे लगता है कि अगले पांच या छह सालों में ऐसा हो जाएगा —फिर मैं पक्का यही करूँगा। तभी मैं बड़ा बदलाव कर पाऊँगा। हालाँकि,

अभी तो सबसे पहले मुझे उठना पड़ेगा, क्योंकि मेरी ट्रेन सुबह पाँच बजे चलती है।"

उसने कपड़े रखने वाली अलमारी पर टिक-टिक कर रही अलार्म घड़ी की ओर देखा। "हे भगवान मर गया !" उसने सोचा। साढ़े छह बज चुके थे और घड़ी की सुईयाँ चुपचाप आगे बढ़ रही थी, साढ़े छह से भी देर हो चुकी थी, बल्कि पौने सात बजने जैसा लग रहा था। क्या अलार्म घड़ी नहीं बजी थी ? उसे बिस्तर से ही दिख रहा था कि चार बजे का अलार्म लगाया था तो निश्चित रूप से घंटी बजी होगी। हाँ, लेकिन क्या उस फर्नीचर के चरमराते शोर के बीच शांति से सोना मुमकिन था ? सच है, वह शांति से नहीं सोया था, शायद इसी वजह से उसे और ज़्यादा गहरी नींद आ गई होग, लेकिन अब वह क्या करे ? अगली ट्रेन भी सात बजे गयी; अगर वह यह ट्रेन पकड़ता तो उसे पाग़लों की तरह भागना पड़ता, नमूनों का कलेक्शन अभी भी पैक नहीं हुआ था और ऊपर से वह अपने शरीर में बिल्कुल भी ताज़गी और फुर्ती महसूस नहीं कर रहा था। अगर उसने ट्रेन पकड़ भी ली, तो भी वह अपने बॉस के गुस्से से बच नहीं पाएगा, क्योंकि ऑफिस असिस्टेंट पांच बजे की ट्रेन को देखने के लिए वहाँ मौजूद होगा, उसने बहुत पहले ही ग्रेगर के वहाँ नहीं होने के बारे में अपनी रिपोर्ट डाल दी होगी। ऑफिस असिस्टेंट बॉस का आदमी था, बिल्कुल डरपोक, जिसे कोई समझ नहीं थी। अगर वह बीमार होने की सूचना दे दे तो क्या होगा ? लेकिन ऐसा करना बेहद तनाव भरा और संदेहास्पद होगा, क्योंकि पांच साल की सर्विस में ग्रेगर एक बार भी बीमार नहीं पड़ा था। उसका बॉस पक्का मेडिकल बीमा कंपनी के डॉक्टर के पास जाएगा, उसके माता-पिता को उनके आलसी बेटे के लिए दोष देगा और डॉक्टर की हर बात को स्वीकार कर लेगा, क्योंकि डॉक्टर का कहना था कि ग्रेगर बीमार नहीं था - बस कई लोग कामचोर होते है। और इससे भी ज़्यादा, क्या वह इस मामले में पूरी तरह से ग़लत होगा ? वास्तव में अब, इतनी देर तक सोने के बाद ग्रेगर को बहुत अच्छा लग रहा था और यहाँ तक कि बहुत ज़्यादा नींद लेने के कारण उसे भूख भी सामान्य से ज़्यादा लग रही थी।

वह अभी भी यह सब सोचते हुए बिस्तर से जल्दी-जल्दी बाहर निकलने का फैसला नहीं कर पा रहा था, तभी घड़ी में पौने सात बज गए। उसके सिरहाने के पास दरवाज़े पर एक दस्तक हुई। "ग्रेगर", किसी ने आवाज़ दी - यह उसकी माँ थी - "पौने सात बज गए है। क्या तुम्हें कहीं जाना नहीं था?" वह कोमल आवाज़! जब ग्रेगर ने उत्तर देते हुए अपनी ही आवाज़ सुनी तो वह चौंक गया, वह मुश्किल से ही पहचान पाया कि यह आवाज़ मेरी माँ थी। मानो उसके अंदर से एक दर्दनाक और अनियंत्रित चीख़ निकल कर

उसकी आवाज़ के साथ मिल रही हो, पहले तो शब्द साफ थे, लेकिन बाद में वे अस्पष्ट हो गए, जिससे मुझे भी पूरा यकीन नहीं हुआ कि मैंने ठीक से सुना है या नहीं। ग्रेगर पूरी बात बताना चाहता था और सब कुछ साफ करना चाहता था, लेकिन इन परिस्थितियों में उसने यह कहकर ख़ुद को संतुष्ट किया कि "हाँ माँ! हाँ, धन्यवाद, मैं अब उठ रहा हूँ।" ग्रेगर की आवाज़ में आया बदलाव शायद लकड़ी के दरवाज़े से बाहर नहीं जा सका, क्योंकि उसकी माँ यह बात सुनकर संतुष्ट हो गई और वहाँ से चली गई। लेकिन इस छोटी-सी बातचीत से परिवार के दूसरे सदस्यों को पता चल गया कि उनकी उम्मीदों के विपरीत आज ग्रेगर अभी भी घर पर था। जल्दी ही उसके पिता ने साइड के दरवाज़े को हल्के हाथ से खटखटाया "ग्रेगर, ग्रेगर" उन्होंने पुकारा, "क्या हुआ?" और थोड़ी देर बाद उन्होंने अपनी आवाज़ में चेतावनी भरी गहराई के साथ फिर से पुकारा "ग्रेगर! ग्रेगर!" दूसरी ओर के दरवाज़े पर उसकी बहन दुखभरी आवाज़ में बोली: "ग्रेगर? तुम ठीक नहीं हो क्या? क्या तुम्हें कुछ चाहिए?" ग्रेगर ने दोनों को उत्तर दिया: "मैं अब तैयार हूँ।" उसने बहुत सावधानी से और अपने हर शब्द के बीच लंबे समय तक विराम देकर अपनी आवाज़ से भिन्नता को दूर करने की कोशिश की। उसके पिता नाश्ते के लिए वापस चले गए, लेकिन उसकी बहन ने फुसफुसाकर कहा- "ग्रेगर, दरवाज़ा खोलो, मैं तुम्हारे आगे हाथ जोड़ती हूँ।" हालाँकि, ग्रेगर ने दरवाज़ा खोलने के बारे में अभी तक नहीं सोचा था, इसके विपरीत उसने अपनी यात्राओं से सीखी एक सावधानी भरी आदत के लिए ख़ुद को बधाई दी कि रात में चाहे आप घर पर हो फिर भी कमरे के सभी दरवाज़े बंद करें।

अब, वह सबसे पहले बिना किसी परेशानी के शांति से उठना चाहता था, फिर कपड़े पहनना और सबसे बढ़कर अपना नाश्ता करना चाहता था। उसके बाद ही वह सोच-विचार करेगा कि आगे क्या करना है, क्योंकि वह अच्छी तरह से जानता था कि इस तरह बिस्तर पर पड़े रहने से वह अपने विचारों को किसी नतीजे पर नहीं पहुँचा पाएगा। उसे याद आया कि उसे अक्सर बिस्तर पर लेटते हुए हल्का सा दर्द महसूस होता था, जो शायद ग़लत तरह से लेटने के कारण होता था, लेकिन वह हमेशा कोरी कल्पना ही साबित होती थी। आज उसकी कल्पनाएँ धीरे-धीरे कैसे सच साबित हुई यह देख कर उसे हैरानी हो रही थी। उसे इस बात में ज़रा भी शक नहीं था कि उसकी आवाज़ में आया बदलाव सर्दी के पहले लक्षण के अलावा और कुछ भी नहीं था, जो सफर करने वाले सेल्समैन के लिए एक व्यावसायिक खतरा साबित होता।

कम्बल उतार कर फेंकना तो साधारण-सी बात थी, उसे बस ख़ुद को थोड़ा सा

हिलाना पड़ा और वह अपने आप गिर गयी, लेकिन उसके बाद उठने में सबसे ज़्यादा मुश्किल हुई, वो भी सिर्फ इसलिए कि वह असामान्य रूप से बड़ा था। उसने ख़ुद को ऊपर उठाने के लिए अपनी भुजाओं और हाथों का इस्तेमाल करना चाहा, लेकिन हाथों की बजाय उसके पास सिर्फ़ छोटे-छोटे पैर थे, जो अलग-अलग दिशाओं में झूल रहे थे और जिन्हें वह काबू करने में भी नाकाम था। यदि वह अपने पैरों में से किसी एक को मोड़ना चाहता, तो दुसरे पैर पहले ही दूर भाग जाते और एक पैर को नियंत्रित करने की वजह से सारे पैर अनियंत्रित हो जाते है और पूरे शरीर में दर्द की लहरें उठने लगती। ग्रेगर ने ख़ुद से कहा, "यह बिस्तर पर करना संभव नहीं है", "इसलिए ऐसी कोशिश करते रहने का कोई फायदा नहीं है।"

पहली चीज़ जो वह करना चाहता था कि वह थी, अपने शरीर को बिस्तर से बाहर निकालना, लेकिन उसने अपने शरीर के इस निचले हिस्से को पहले कभी नहीं देखा था और वह कल्पना भी नहीं कर सका कि यह कैसा दिखता होगा। इसे हिलाना बहुत मुश्किल हो गया तो वह बहुत धीरे-धीरे खिसका और आखिरकार लगभग आवेश में आकर उसने लापरवाही से ख़ुद को पूरी ताकत से आगे की ओर धकेल दिया, लेकिन उसने ग़लत दिशा चुन थी जिस कारण वह बेड के निचले हिस्से से जोर से जा टकराया। दर्द से उसे यह पता चला कि उसके शरीर का निचला हिस्सा शायद सबसे ज़्यादा संवेदनशील है।

अब, उसने पहले अपने शरीर के ऊपरी हिस्से को बिस्तर से बाहर निकालने का निश्चय किया और ध्यान से अपना सिर बग़ल की ओर किया। अपने शरीर की चौड़ाई और इतने वजन के बावजूद, उसने यह सब काफ़ी आसानी से मैनेज कर लिया और अंततः धीरे-धीरे सिर की दिशा में बढने लगा, लेकिन जब अंत में उसने अपना सिर बिस्तर से बाहर निकाला और ताजी हवा महसूस की तो उसे यह ख्याल आया कि अगर वह ख़ुद को गिरने दे और उसके सिर पर कोई चोट नहीं लगे तो यह एक चमत्कार ही होगा। इसलिए ख़ुद को उसी तरह आगे बढ़ाते रहने से उसे डर लगने लगा। अब वह किसी भी कीमत पर अपने आप को बिस्तर से बाहर नहीं गिरा सकता था, क्योंकि होश खोने से बेहतर है बिस्तर पर पड़े रहना।

पहले, वह जिस स्थिति में था उसी स्थिति में वापस जाने के लिए उतनी ही कोशिश करनी पड़ी, लेकिन जब वह वहाँ लेटा हुआ कराह रहा था और एक बार फिर अपने पैरों को देख रहा था, तो उसे समझ आया की अब उसके पैर पहले से भी अधिक संघर्ष कर

रहे थे, तो उसे एहसास हुआ कि जिस परेशानी और संघर्ष का उसने पहले अनुभव किया था वह अभी भी जारी है और मैं इस स्थिति में कुछ नहीं कर सकता था। उसने एक बार फिर ख़ुद से कहा कि उसके लिए बिस्तर पर पड़े रहना संभव नहीं है और सबसे ज़्यादा समझदारी वाली बात यही होगी कि वह कैसे भी करके, कितना भी सहन करके इस बिस्तर से खड़े हो कर आज़ाद हो जाए। हालाँकि, साथ ही वह ख़ुद को यह याद दिलाना नहीं भूला कि जल्दबाजी में किसी नतीजे पर पहुँचने की तुलना में शांति से विचार करना कहीं बेहतर विकल्प है। ऐसे समय में वह खिड़की से बाहर देखते हुए, जितना हो सके, उतना बाहर स्पष्ट देखने की कोशिश कर रहा था, लेकिन दुर्भाग्य से, इस संकरी सड़क के दूसरी ओर भी सुबह का कोहरा छाया हुआ था और इस नजारे में उसके लिए कोई आत्मविश्वास या उत्साह नहीं था। "सात बज चुके हैं", जब घड़ी ने दोबारा दस्तक दी तो उसने ख़ुद से कहा, "सात बज गए और अभी भी ऐसा ही कोहरा छाया हुआ है।" यह देख वह कुछ देर चुपचाप लेटा हुआ हल्की-हल्की सांसें लेता रहा, मानो उसे उम्मीद थी कि शायद इस पूरी शांति की वजह से पहले जैसा था, वैसा ही हो जाए।

लेकिन फिर उसने ख़ुद से कहा कि "साढ़े सात बजने से पहले, मुझे हर हाल में बिस्तर छोड़ना होगा। वरना फिर कोई आ जाएगा और पूछेगा कि मुझे क्या हुआ है, क्योंकि वे सात बजे से पहले ही सब काम पर लग जाते हैं।" इसलिए उसने एक साथ अपने पूरे शरीर को बेड से नीचे झुकाने में लगा दिया। उसे लगा यदि वह इस तरह से बिस्तर से गिरने में सफल हो जाए और ऐसा करते समय अपना सिर ऊँचा उठाकर रखे, तो शायद वह घायल होने से बच जाएगा। उसकी पीठ काफ़ी सख्त लग रही थी, लेकिन शायद कालीन पर गिरने से उसे कुछ नहीं होगा, लेकिन उसे उस तेज़ आवाज़ की ज़्यादा फिक्र थी, जो गिरते वक्त वह करने वाला था और क्योंकि ऐसी आवाज़ अलार्म घड़ी की आवाज़ नहीं होती, तो यह आवाज़ दरवाज़ों से बाहर जाकर चिंता पैदा कर सकती थी, लेकिन इसका जोखिम तो उसे उठाना पड़ा। ग्रेगर,जब पहले ही बिस्तर से आधा उठ चुका था तो उसे उठने का यह नया तरीक़ा एक कोशिश से ज़्यादा खेल लग रहा था, क्योंकि उसे बस आगे-पीछे हिलना था -तभी उसे यह ख्याल आया कि अगर कोई उसकी मदद के लिए आ जाए तो उसके सब कुछ करना कितना आसान हो जाएगा। दो ताकतवर लोग उसके दिमाग में घूम रहे थे - उसके पिता और नौकरानी - जिन्हें अपनी बाहों से उसकी पीठ को नीचे धकेलना होगा, बिस्तर से अलग करने के लिए और इसके लिए उन्हें भी नीचे झुकना होगा। फिर धैर्य और सावधान के साथ मुझे अपने शरीर पर नियंत्रण पाना

होगा, क्योंकि इस समय मेरा शरीर फर्श पर झूल जाएगा, हो सकता है वहाँ मेरे छोटे-छोटे पैर काम आ जाए। क्या उन्हें वास्तव में मदद के लिए बुलाना चाहिए, जबकि सच यह है कि सब दरवाज़े बंद थे? तमाम कठिनाइयों के बावजूद, वह इस विचार पर अपनी हँसी नहीं दबा सका। कुछ देर बाद वह बिल्कुल बेड के किनारे पर इतनी दूर आ गया था कि अगर वह बहुत जोर से हिलता तो उसके लिए अपना संतुलन बनाए रखना मुश्किल हो जाता। अब समय सात बजकर दस मिनट हो गया था और अब उसे जल्द ही अंतिम निर्णय लेना होगा। तभी फ्लैट के दरवाज़े पर घंटी बजी " कोई आदमी काम से आया होगा", उसने ख़ुद से कहा और चुप हो गया, हालाँकि बहुत देर से चारों ओर परेशानी की वजह से इधर-उधर होते हुए उसके छोटे-छोटे पैरों में अब कुछ जान आ गई थी।

एक पल के लिए मानो सब कुछ शांत हो गया था। " कोई दरवाज़ा नहीं खोल रहा है" व्यर्थ की उम्मीद में फँसे ग्रेगर ने ख़ुद से कहा। लेकिन फिर, नौकरानी हमेशा की तरह मजबूत कदमों से दरवाज़े तक गई और उसे खोल दिया। ग्रेगर सिर्फ़ आने वाले के अभिवादन के पहले शब्द सुनना चाहता था और यह जान गया कि कौन आया था ख़ुद हेड क्लर्क। उस कंपनी में काम करने वालों में से ग्रेगर ही ऐसा एकमात्र इंसान क्यों बन गया था जिसकी थोड़ी सी भी लापरवाही पर वह निन्दा का पात्र बन जाता था और उसे सब निकम्मा साबित करने पर तुल जाते थे? क्या जितने भी कर्मचारी थे वे सभी लुटेरे थे, क्या उनमें से कोई भी ऐसा नहीं था, जो वफादार और पूरी तरह समर्पित हो, को ऐसा होगा जो केवल कंपनी का काम न कर पाने की वजह से सोच कर बिस्तर से बाहर नहीं निकल पाता था? क्या इतना काफ़ी नहीं था कि ट्रेनीज में से ही किसी एक को पूछताछ करने के लिए भेज देते - चलो, यह भी मान लेते कि पूछताछ भी ज़रूरी थी - तो क्या हेड क्लर्क को ख़ुद आना और निर्दोष परिवार को यह दिखाना ज़रूरी था कि यह इतना संदिग्ध मामला है जिसकी जांच करने के लिए केवल हेड क्लर्क की कही बात पर ही भरोसा किया जा सकता है? किसी भी सही निर्णय लेने से ज़्यादा इन विचारों ने उसे परेशान कर दिया था, इसलिए उसने अपनी पूरी ताकत लगाकर ख़ुद को बिस्तर से बाहर निकाल लिया। जिस वजह से एक जोरदार धमाका हुआ, लेकिन वास्तव में यह कोई तेज़ आवाज़ नहीं थी। जमीं पर बिछे कालीन की वजह से उसके गिरने की आवाज़ नहीं हुई। हालाँकि, उसने अपना सिर सावधानी से नहीं संभाला था और गिरते ही उसका सिर जा टकराया; गुस्से और दर्द में उसने अपना सिर कालीन पर रगड़ दिया।

"वहाँ कुछ गिरा है" बायीं ओर के कमरे में हेड क्लर्क की आवाज़ आई। ग्रेगर ने

कल्पना करने की कोशिश की कि आज उसके साथ जो कुछ हुआ, क्या कभी हेड क्लर्क के साथ भी हो सकता है? आपको यह स्वीकार करना होगा कि यह संभव है, लेकिन मानो इस प्रश्न का कर्कश उत्तर देते हुए, अपने अत्यधिक पॉलिश किए हुए जूतों में हेड क्लर्क के दृढ़ कदमों की आवाज़ अब बग़ल के कमरे में सुनी जा सकती थी। उसके दाहिनी ओर के कमरे से, ग्रेगर की बहन उसे बताने के लिए फुसफुसाई: "ग्रेगर, हेड क्लर्क यहाँ आए हैं।" "हाँ, मुझे पता है", ग्रेगर ने ख़ुद से ही कहा, लेकिन तेज बोलने की हिम्मत नहीं कर पाया।

"ग्रेगर", अब उसके पिता ने बाईं ओर के कमरे से कहा, "हेड क्लर्क आये है और जानना चाहते है कि तुम सुबह की ट्रेन से जल्दी क्यों नहीं निकले। हमें नहीं पता कि उनसे क्या कहें और वह तुमसे एकांत में बात करना चाहते है। तो प्लीज यह दरवाज़ा खोल दो। मुझे विश्वास है कि वह तुम्हारे कमरे की गंदगी को नज़र-अंदाज़ कर देंगे।" तभी हेड क्लर्क ने कहा, "गुड मॉर्निंग, मिस्टर सैम्सा।" ग्रेगर की माँ ने हेड क्लर्क से कहा "उसकी तबियत ठीक नहीं है" जबकि उसके पिता दरवाज़े के बहार से ही उसे बोलते रहे "वह ठीक नहीं है, प्लीज मुझ पर विश्वास करें। नहीं तो ग्रेगर की ट्रेन क्यों छूटती!" वह हमेशा बिजनेस को कैसे बढाएँ इसके बारे में ही सोचता रहता हैं, जिस वजह से वह मुझे लगभग रोज गुस्सा दिला देता है। वैसे तो काम के सिलसिले में वह शहर से बाहर ही रहत है, लेकिन एक सप्ताह से शहर में होने के बावजूद वह कभी भी शाम को बाहर नहीं निकला हमेशा हर शाम घर पर ही रहता है। कभी-कभी हमारे साथ रसोई में बैठता तो है, लेकिन अख़बार या सिर्फ़ ट्रेन का टाइम टेबल पढ़ने। अपने फ्रेटसॉ (लकड़ी काटने की आरी) के साथ काम करना उसे आराम करने जैसा लगता है। उदाहरण के लिए उसने एक छोटा सा फ्रेम बनाया है, जिसमें उसे सिर्फ़ दो या तीन शामें लगीं होंगी, आप देखकर हैरान हो जायेंगे कि वह कितना अच्छा है; वह उसके कमरे में लटका हुआ है; जैसे ही ग्रेगर दरवाज़ा खोलेगा आप देख लेना। वैसे तो मुझे बेहद ख़ुशी हो रही है कि आप यहाँ आए हैं, क्योंकि हम अकेले ग्रेगर से दरवाज़ा खुलवा नहीं पा रह थे, वह बहुत जिद्दी भी है। मुझे लगता है कि वह ठीक नहीं है। उसने आज सुबह कहा तो था कि वह ठीक है, लेकिन वह ठीक नहीं है। "मैं थोड़ी देर में बाहर आ जाऊँगा", ग्रेगर ने धीरे-धीरे, सोच-समझकर, लेकिन बिना हिले कहा, ताकि वह बातचीत का एक भी शब्द सुनने से न चूक जाए। "ठीक है, मिसेज सैम्सा! मेरे पास इसे समझाने का कोई और तरीक़ा नहीं है", हेड क्लर्क ने कहा, "मुझे उम्मीद है कि इसमें कोई गंभीर बात नहीं है, लेकिन दूसरी ओर, मैं यह भी कहना चाहूँगा

कि यदि हम बिज़नेस के क्षेत्र के लोग कभी थोड़े-बहुत बीमार हो भी जाते हैं, तो सौभाग्य से या दुर्भाग्य से, आप जो भी समझना चाहें, हमें बस बिज़नेस की चिंता के कारण उसे ख़ुद ही ठीक करना पड़ता है।",उसके पिता ने फिर से दरवाज़ा खटखटाते हुए बैचेनी से पूछा, "क्या हेड क्लर्क अब तुमसे मिलने अन्दर आ सकते है?", ग्रेगर ने कहा "नहीं"। उसके दांयी तरफ के कमरे में सन्नाटा फ़ैल गया और उसके बायीं ओर के कमरे में उसकी बहन रोने लगी।

ग्रेगर की बहन दूसरों के साथ क्यों नहीं थी? वह शायद अभी-अभी उठी थी और उसने तैयार होना भी शुरू नहीं किया था, लेकिन वह क्यों रो रही थी? क्या इसलिए क्योंकि वह उठकर नहीं जा पाया था या इसलिए की उसने हेड क्लर्क को अंदर नहीं आने दिया था? या उसे ग्रेगर की नौकरी जाने का खतरा था। यदि ऐसा हुआ तो उसका मालिक एक बार फिर पहले जैसी ही माँगों के साथ उनके माता-पिता को परेशान करेगा? अभी इस तरह की चीज़ों के बारे में चिंता करने की कोई ज़रूरत नहीं थी। ग्रेगर अभी भी वहीं था और उसका अपने परिवार को छोड़ने का ज़रा भी इरादा नहीं था। कुछ समय के लिए वह वहीं कालीन पर लेटा रहा और जो भी यह नहीं जानता था कि वह किस हालत में था, तो वह यही उम्मीद करेगा कि वह हेड क्लर्क को अंदर आने दे, किन्तु यह सिर्फ़ एक मामूली सी बदतमीजी थी जिसके लिए बाद में एक सही बहाना आराम से ढूंढा जा सकता था। ऐसा भी कुछ नहीं हुआ था जिसके लिए ग्रेगर को मौके पर ही बर्खास्त किया जा सके। ग्रेगर को अब हेड क्लर्क से बातें करके और रोने-धोने से उन्हें परेशान करने के बजाय शांति से घर के बहार तक छोड़ना अधिक समझदारी भरा लग, लेकिन दूसरों को नहीं पता था कि जो चल रहा है, इसकी वजह से उनका व्यवहार माफ़ी के लायक होगा, मतलब उनकी चिंता और स्थिति की समझ की कमी के कारण उनके व्यवहार को उचित भी ठहराया जा सकता है।

अब हेड क्लर्क अपनी आवाज़ को ऊँची करते हुए बोले, "मिस्टर सैम्सा", "क्या हुआ?" क्या आपने ख़ुद को अपने कमरे में बंद कर लिया हैं और हमें हाँ या ना से ज़्यादा कुछ उत्तर नहीं दे रहें हैं। क्यों व्यर्थ में आप अपने माता-पिता की चिंता बड़ा रहें हैं। आप फेल हैं - आप अपनी बिज़नेस ड्यूटी करने में भी इतने फेल रहते हैं, जितना कभी किसी ने कभी नहीं सुना। मैं यहाँ आपके माता-पिता और आपके मालिक (एम्पलॉयर) की ओर से बोल रहा हूँ, अब आप मुझे साफ तौर पर स्पष्टीकरण देते हुए बताइए। मैं हैरान हूँ, बहुत हैरान हूँ। मैंने सोचा था कि मैं और हेड क्लर्क एक शांत और समझदार इंसान है, लेकिन

आप तो अचानक अजीबोगरीब बात करने लगे हैं। आज सुबह आपके मालिक ने आपके न आने का एक संभावित कारण बताया, उन्होंने इसका संबंध उस पैसे से जोड़ा हैं ,जो हाल ही में उन्होंने आपको सौंपा था—लेकिन मैंने कहा यह सही कारण नहीं हो सकता है। लेकिन अब जब मैं आपकी नासमझी भरी जिद देख रहा हूँ, तो मुझे आपका पक्ष लेकर मामले में हस्तक्षेप करने की कोई इच्छा नहीं हो रही है। न ही आपकी नौकरी सुरक्षित है। मैं वैसे तो यह सब आपसे निजी तौर पर कहना चाहता था, लेकिन चूँकि आपने बिना किसी कारण के यहाँ मेरा वक्त बर्बाद किया है, तो मुझे आपके माता-पिता को भी इस बारे में न बताने का कोई कारण समझ नहीं आता। आपका टर्नओवर पिछले कुछ समय से बहुत असंतोषजनक रहा है। चलो आपकी बात मान भी लेते हैं कि यह बिज़नेस करने के लिए साल का बहुत अच्छा समय नहीं है, हम भी इसे स्वीकार करते हैं लेकिन पूरे साल में ऐसा कोई भी समय नहीं जब बिज़नेस किया जा सके, मिस्टर सैम्सा, हम ऐसा नहीं होने दे सकते।

"लेकिन सर", ग्रेगर ने पुकारा, वह भावुकता और बैचनी में बाकी सब भूल गया, "मैं दरवाज़ा अभी खोल दूँगा, बस एक पल के लिए रूकें। मेरी तबियत थोड़ी खराब है, चक्कर आ रहा है, मैं उठ नहीं पा रहा हूँ, मैं अभी भी बिस्तर पर हूँ। हालाँकि, मुझे अब फिर से पहले जैसा अच्छा लग रहा है। मैं अभी बिस्तर से उठ रहा हूँ। बस एक पल धीरज रखें! यह उतना आसान नहीं है, जितना मैंने सोचा था। हाँ, अब मैं बिल्कुल ठीक हूँ। यह हैरानी वाली बात है कि अचानक किसी इंसान को क्या हो सकता है! मैं कल रात तक बिल्कुल ठीक था, मेरे माता-पिता शायद इसके बारे में मुझसे भी बेहतर जानते होंगे, मुझमें कल रात से पहले ही इसका एक छोटा सा लक्षण दिखाई दे रहा था। उन्होंने इस पर गौर किया होगा। मुझे नहीं पता कि मैंने ऑफिस में आपको क्यों नहीं बताया! लेकिन यह भी सच है की आप हमेशा सोचते हैं कि घर पर रहे बिना किसी भी बीमारी से छुटकारा पा जा सकता हैं। प्लीज मेरे माता-पिता को परेशान न करें! आप जो भी आरोप लगा रहें हैं उसका कोई आधार नहीं है, क्योंकि इनमें से किसी भी चीज़ के बारे में मुझसे किसी ने कभी एक शब्द भी नहीं कहा। हो सकता है कि मैंने जो नये कॉन्ट्रैक्ट भेजे थे, वे आपने नहीं पढ़े हों। मैं आठ बजे की ट्रेन से निकल जाऊँगा, कुछ घंटों के आराम ने मुझे ताकत दी है। आपको इंतज़ार करने की ज़रूरत नहीं है, सर; मैं आपके पीछे-पीछे तुरंत ऑफिस आ जाऊँगा और प्लीज बॉस को यह बात बता दीजिए और उनसे मेरी सिफारिश करें!"

ग्रेगर बिना यह जाने कि वह क्या कह रहा है, यह बात कहकर वह अलमारी की

ओर बढ़ गया - ऐसा वह आसानी से कर पाया, शायद बिस्तर पर पहले ही हो चुके अभ्यास के कारण - वह अब ख़ुद को सीधा कर पाने की कोशिश कर रहा था। वह सचमुच दरवाज़ा खोलना चाहता था, असल में वह यही चाहता था कि सब उसे देख सकें और वह हेड क्लर्क से बात कर सकें, क्योंकि सभी लोग बहुत आग्रह कर रहे थे और वह यह जानने को उत्सुक था कि जब उनकी नज़र उसके शरीर पर पड़ेगी तो वे क्या कहेंगे। यदि वे चौंक गए, तो यह ग्रेगर की ज़िम्मेदारी नहीं होगी। हालाँकि, अगर सब लोग इस बात को कुछ शांति से लेते तो भी उसके पास परेशान होने का कोई कारण नहीं होता और फिर वह जल्दबाजी करके वास्तव में आठ बजे तक स्टेशन पर हो सकता था। पहले कई बार उसने चिकनी दराजों को पकड़कर चढ़ने की कोशिश की थी, लेकिन वह हर बार फिर से नीचे फिसल कर गिर जाता, अब आखिरकार उसने ख़ुद को आखिरी बार सीधा किया और वहीं खड़ा हो गया, उसके शरीर के निचले हिस्से में गंभीर दर्द हो रहा था, लेकिन अब उसने दर्द पर कोई ध्यान नहीं दिया। अब उसने ख़ुद को पास पड़ी कुर्सी पर पीछे बैठा दिया और अपने छोटे पैरों से कुर्सी के किनारों को कसकर पकड़ लिया। अब तक वह भी शांत हो गया था और चुप हो गया था, ताकि वह सुन सके कि हेड क्लर्क क्या कह रहा है।

"क्या आप लोगों को उसने जो कहा उस सब का एक शब्द भी समझ आया?" हेड क्लर्क ने उसके माता-पिता से पूछा, " पक्का वह हमें मूर्ख बनाने की कोशिश नहीं कर रहा है।" उसकी माँ जो पहले से ही रो रही थी ने कहा, "हे ईश्वर!"- वह गंभीर बीमार हो सकता है और हम उसे परेशान कर रहें हैं, बहुत अच्छे! बहुत अच्छे!" यह कहते-कहते वह फिर से रो पड़ी। दूसरी तरफ से उसकी बहन ने आवाज़ दी "माँ?"। वे दोनों ग्रेगर के कमरे के पार आपस में साथ बातचीत करने लगे। "तुम्हें तुरंत डॉक्टर के पास जाना होगा। ग्रेगर बीमार है। जल्दी करो, डॉक्टर को बुलाओ। क्या सबने अभी-अभी ग्रेगर के बोलने का तरीक़ा सुना?" उसकी माँ की चीख़-पुकार के विपरीत हेड क्लर्क ने शांति से कहा कि, "वह एक जानवर की आवाज़ थी।" उसके पिता ने ताली बजाते हुए रसोई की ओर आवाज़ दी, "एन्ना! एन्ना! अभी किसी ताला बनाने वाले को बुलाओ!" दोनों लड़कियाँ, भागते हुए तुरंत हॉल में आ गईं और फ्लैट के मुख्य दरवाज़े को तेजी से खोलते हुए बाहर भाग गईं। ग्रेगर से सोचा उसकी बहन इतनी जल्दी कैसे तैयार हो गई? दरवाज़ा फिर से बंद होने की कोई आवाज़ नहीं आई; सबने इसे खुला छोड़ दिया होगा, क्योंकि जहाँ कोई भयानक घटना घटी हो, उन घरों में लोग अक्सर ऐसा ही करते हैं।

इसके विपरीत, ग्रेगर बहुत शांत हो गया था। इसलिए, वे सब अब उसके शब्दों को

नहीं समझ पा रहे थे, लेकिन ग्रेगर को अपनी आवाज़ अब काफ़ी स्पष्ट लग रही थी, पहले के मुकाबले काफ़ी स्पष्ट - शायद उसके कान अब उस आवाज़ के आदि हो गए थे। हालाँकि, बाकी सबको एहसास हो गया था कि उसके साथ कुछ गड़बड़ है और वे सब ग्रेगर की मदद करने के लिए तैयार थे। उसकी स्थिति पर सबकी पहली प्रतिक्रिया आत्मविश्वास और बुद्धिमानी से भरी थी और इससे ग्रेगर को बहुत अच्छा महसूस हुआ। उसे लगा कि वह लोगों के बीच में वापस आ गया है। डॉक्टर और ताला बनाने वाले से उसे कुछ अच्छा होने और बड़ी उपलब्धि की उम्मीद हुई थी - पर वास्तव में वह उन दोनों में अंतर भी नहीं कर पाया था। आगे जो कुछ भी कहना है, वह बहुत ज़रूरी है, इसलिए अपनी आवाज़ को यथासंभव स्पष्ट करने के लिए वह थोड़ा खांसा, लेकिन उसे ध्यान रहा कि वह बहुत ज़ोर से न खांसे क्योंकि किसी के खांसने के तरीक़े से भी अलग लग सकता है। उसे अब विश्वास नहीं हो रह था कि वह ख़ुद इसका निर्णय कर सकता है। इस बीच बग़ल वाले कमरे में एकदम सन्नाटा हो गया था। शायद उसके माता-पिता मेज के इर्द-गिर्द बैठे हेड क्लर्क के साथ कानाफूसी कर रहे थे या शायद वे सभी दरवाज़े के सामने खड़े होकर चुप-चाप सुन रहे थे।

ग्रेगर धीरे-धीरे कुर्सी को खिसकते हुए धीरे-धीरे दरवाज़े की ओर बढ़ा। वहाँ पहुँच कर उसने कुर्सी छोड़ दी और ख़ुद को दरवाज़े की ओर धकेल दिया, अपने पैरों पर लगे चिपकने वाले पदार्थ का उपयोग करके वह ख़ुद को दरवाज़े से सटाकर सीधा खड़ा हो गया। उसने थकान से उबरने के लिए वही खड़े-खड़े थोड़ी देर आराम किया और फिर अपने मुंह से ताले में लगी चाबी घुमाने के काम में लग गया। ऐसा लग रहा था कि दुर्भाग्य से, उसके पास दांत नहीं थे - फिर, वह चाबी कैसे पकड़ सकता था? - लेकिन दांतों की कमी को मजबूत जबड़े ने पूरी कर दी और जबड़े का उपयोग करके वह चाबी घुमाना शुरू करने में भी कामयाब रहा था, लेकिन वह इस सच को नज़र-अंदाज़ करता जा रहा था कि ऐसा करके वह ख़ुद को कोई नुक़सान पहुँचा रहा होगा, क्योंकि उसके मुंह से भूरे रंग का तरल पदार्थ निकला, जो चाबी के ऊपर से बह गया और फर्श पर टपक गया। "सुनो", पास वाले कमरे में हेड क्लर्क ने कहा, "वह चाबी घुमा रहा है।" ग्रेगर को इससे बहुत प्रोत्साहन मिला, उसके मन में बहुत सारी कल्पनाएँ उभरी जैसे वे सभी पूरे जोश से उसकी कोशिशों में साथ दे रहे हो और कह रहें हो "शाबाश, ग्रेगर", करते रहो, ताले को पकड़ो! और इसी विचार में उसने अपनी पूरी ताकत से चाबी को काटा, बिना दर्द पर कोई ध्यान दिए जो वह ख़ुद को पहुँचा रहा था। जैसे ही चाबी घूमी, उसने ताले को उसके साथ ही

घुमाया, बस अपने मुंह से ख़ुद को सीधा रखा और चाबी पर लटक गया, जैसे ही ताला टूटा और उसकी सांस वापस आई, उसने ख़ुद से कहा : "तो, मुझे आख़िरकार ताला बनाने वाले की ज़रूरत नहीं पड़ी ।" फिर उसने दरवाज़े को पूरी तरह खोलने के लिए उसके हैंडल पर अपना सिर मारा ।

चूँकि उसे दरवाज़ा इस तरह से खोलना पड़ा था, इसलिए इससे पहले की वह देख सकता, यह अपने-आप ही काफ़ी खुल गया था । अब उसे धीरे-धीरे ख़ुद को डबल दरवाज़ों में से एक से बाहर निकलना था और अगर वह कमरे में जाने से पहले अपनी पीठ के बल गिरना नहीं चाहता तो उसे यह बहुत सावधानी से करना था । वह अभी भी इस मुश्किल गतिविधि में व्यस्त था और दूसरी चीज़ों पर ध्यान देने में असमर्थ था । तभी उसने हेड क्लर्क को ज़ोर से "ओह!" कहते हुए सुना । अब ग्रेगर ने भी उसे देखा क्योंकि हेड क्लर्क दरवाज़े के बिल्कुल पास था - हेड क्लर्क का हाथ उसके खुले मुंह को दबाए हुआ था और वह धीरे-धीरे पीछे हट रहा था जैसे कोई अदृश्य शक्ति उसे संचालित कर रही हो । हेड क्लर्क की घर में मौजूदगी के बावजूद, ग्रेगर की माँ के बाल बिस्तर से उठने के बाद से अभी तक बिखरे हुए थे, अब माँ ने पहले उसके पिता की ओर देखा और फिर अपनी बाहें फैलाकर दो कदम ग्रेगर की ओर आगे बढ़ी और फर्श पर गिर गई । उसके पिता कुछ नाराज़गी के भाव में दिखे और उन्होंने अपनी मुट्ठियाँ भींच लीं जैसे कि ग्रेगर को उसके कमरे में वापस भेजना चाह रहे हों । फिर उन्होंने लिविंग रूम में चारों ओर सरसरी नज़र से देखा और अपनी आँखों को अपने हाथों से ढँक कर इतना जोर से रोए कि उनकी सारी शक्ति जाती रही ।

लेकिन, ग्रेगर कमरे में नहीं गया, बल्कि दूसरे दरवाज़े की ओर मुँह करके खड़ा हो गया, जिस पर अभी भी ताला लगा हुआ था । इस बीच दिन काफ़ी निकल चुका था; सड़क के दूसरी ओर स्लेटी-काले रंग की अस्पताल की इमारत थी, जैसे-जैसे दिन चढ़ा, वह अब काफ़ी स्पष्ट देखी जा सकती थी, हाँलाकि बारिश अभी भी हो रही थी और बड़ी- बड़ी बूंदें जमीन पर गिर रही थीं । नाश्ते के जूठे बर्तन मेज पर रखे थे; जिनमें बहुत कुछ रखा हुआ था, क्योंकि ग्रेगर के पिता के लिए नाश्ता दिन का सबसे महत्त्वपूर्ण हिस्सा होता था और वह कई घंटों तक बैठकर कई अलग-अलग समाचार पत्र पढ़ते थे । ठीक सामने की दीवार पर ग्रेगर की तस्वीर थी जब वह सेना में लेफ्टिनेंट था, उसके हाथ में तलवार थी और चेहरे पर एक बेफिक्र मुस्कान, जो अपनी वर्दी और उसे पहनने वाले, दोनों के लिए सम्मान प्रकट कर रही थी । प्रवेश कक्ष का दरवाज़ा खुला था और चूँकि फ़्लैट का सामने

का दरवाज़ा भी खुला था तो वह नीचे जाने वाली सीढ़ियों को देख सकता था।

"अब", ग्रेगर यह बात अच्छी तरह से जानता था कि वह खुद ही इकलौता इंसान है, जो इस समय शांत था, उसने सोचा "मैं अब तुरंत कपड़े पहनूँगा और अपने काम के नमूने पैक करके निकल जाऊँगा। उसने हेड क्लर्क से कहा की आप देख सकते हैं, "कि मैं जिद्दी नहीं हूँ और मुझे अपना काम करना पसंद भी है। एक अच्छा याली बनना कठिन है, लेकिन यात्रा के बिना मैं अपनी रोजी-रोटी नहीं कमा सकता। तो आप कहाँ जा रहें हैं, ऑफिस में? हाँ? तो क्या आप हर चीज़ की सही-सही रिपोर्ट देंगे? जरा इस बारे में सोचें कि क्या एक बार परेशानी दूर हो जाने के बाद वह इंसान निश्चित रूप से ज़्यादा मेहनत और एकाग्रता के साथ काम करेगा। आप अच्छी तरह से जानते हैं कि मुझ पर अपने मालिक (एम्पलॉयर) का कितना कर्ज है और साथ ही मुझे अपने माँ-पिता और बहन की देखभाल भी करनी है, जिससे मैं मुश्किल हालात में फंस गया हूँ, लेकिन मैं फिर से इससे बाहर निकलने की कोशिश करूँगा। प्लीज, आप मेरे लिए चीजों को पहले से भी ज़्यादा मुश्किल न बनाएँ और ऑफिस में मेरी शिकायत न करें। मैं जानता हूँ कि यात्रियों को कोई पसंद नहीं करता। उन्हें लगता है कि हम वेतन के साथ-साथ बहुत ऊपरी कमाई भी करते है और बढ़िया टाइम भी व्यतीत करते हैं। यह सच नहीं है, सिर्फ़ पूर्वाग्रह है पर उनके पास भी इसे लेकर अच्छा सोचने का कोई खास कारण नहीं है। लेकिन सर, आप बाकी कर्मचारियों के मुकाबले मुझे ज़्यादा अच्छी तरह समझते है। सचमुच, मैं पूरे विश्वास के साथ यह कह सकता हूँ कि आप बॉस से भी बेहतर समझते है - उनके जैसे बिज़नेसमैन के लिए अपने कर्मचारियों को लेकर उनकी ग़लतियाँ निकलना और जरुरत से ज़्यादा अपने कर्मचारियों को कठोरता से आंकना बहुत आसान है। आप यह भी अच्छी तरह से जानते हैं कि हम यात्री लगभग पूरा साल ऑफिस से दूर रहते हैं, जिस वजह से हम ऑफिस में हो रही बेबुनियादी शिकायतों का आसानी से शिकार बन जाते है और इस तरह की चीज़ों से अपना बचाव करना हमारे लिए लगभग नामुमकिन होता है। हम लोग तो आम तौर पर उन बातों के बारे में सुनते भी नहीं हैं, या सुन भे लेते हैं तो इसके दुष्परिणामों के असर का एहसास हमें तभी होता है जब हम किसी यात्रा से थककर घर वापस आते हैं और हमें पता चलता है की हमें नौकरी से निकाल दिया गया है। प्लीज सर, दूर मत जाइए, कम से कम कुछ तो कहें, जिससे यह पता चल सके कि चाहे थोड़ा सा ही सही, लेकिन मैं ठीक हूँ!"

लेकिन जैसे ही ग्रेगर ने बोलना शुरू किया, हेड क्लर्क दूर हो गया और दरवाज़े से

निकलते समय उसने पीछे मुड़कर घूरते हुए ग्रेगर को देखा। जब ग्रेगर बोल रहा था तो क्लर्क एक पल भी स्थिर नहीं रहा, बल्कि अपनी नज़रें उससे हटाए बिना तेजी से बाहर की ओर चला गया। हेड क्लर्क बहुत धीरे-धीरे इस तरह आगे बढ़ा, मानो कमरे से बाहर निकलने पर कोई प्रतिबंध लगा हुआ हो। ग्रेगर घबराहट में लिविंग रूम में आगे बढ़ा और अपना दाहिना हाथ बाहर सीढ़ी की ओर उठा कर खड़ा हो गया, मानो वहाँ कोई अलौकिक शक्ति उसे बचाने के लिए उसका इंतज़ार कर रही हों।

ग्रेगर को एहसास हुआ कि अगर कंपनी में अपनी नौकरी को खतरे में नहीं डालना है तो हेड क्लर्क को इस मूड में जाने से रोकना होगा। उसके माता-पिता शायद इस बात को इतनी अच्छी तरह से नहीं समझते थे। इन सालों में, वे इतने आश्वस्त हो गए थे कि यह नौकरी सारी उम्र के लिए ग्रेगर की हो गई हैं और इसके अलावा, उनके पास वर्तमान में चिंता करने के लिए इतना कुछ था कि उन्होंने भविष्य के बारे में कुछ भी सोचना लगभग छोड़ दिया था। हालाँकि, ग्रेगर ने भविष्य के बारे में सोचा। हेड क्लर्क को रोकना, शांत करना, विश्वास में लेना और आखिरकार जीत हासिल करणा जरूरी था, क्योंकि ग्रेगर और उसके परिवार का भविष्य केवल इसी बात पर निर्भर कारता था! काश उसकी बहन यहाँ होती! वह चतुर थी, जब ग्रेगर अपनी पीठ के बल शांति से लेटा हुआ था तब वह रो रही थी। हेड क्लर्क स्त्रियों का शौकीन था, निश्चय ही वह उसे मना सकती थी। अगर वह होती तो दरवाज़ा बंद कर देती और हेड क्लर्क से बात करके उसे इस स्थिति से अवश्य बाहर निकाल देती, लेकिन उसकी बहन वहाँ नहीं थी इसलिए ग्रेगर को यह काम ख़ुद ही करना पड़ा। उसने दरवाज़ा छोड़ दिया जिससे सटकर वह खड़ा अपनी बात कह रहा था और ख़ुद को आगे की ओर धकेलने लगा; ताकि वह हेड क्लर्क तक पहुँच सके, जिसने दोनों हाथों से रेलिंग को हास्यास्पद ढंग से पकड़ रखा था, लेकिन हल्की सी चीख के साथ ग्रेगर तुरंत गिर गया और गिरते हुए जैसे ही उसने पकड़ने के लिए कुछ ढूंढा, उसे कुछ न मिला और वह अपने छोटे-छोटे पैरों पर जा गिरा। आज के दिन कुछ भी ऐसा नहीं हुआ जो उसे अच्छा लगे, लेकिन हाँ आज पहली बार छोटे-छोटे पैरों के नीचे ठोस ज़मीन महसूस होने के कारण उसे अच्छा लगा। उसे ख़ुशी हुई कि उसके पैरों ने बिल्कुल वैसा ही किया जो वह उनसे चाहता था और वे उसे वहाँ ले जाने की भी कोशिश कर रहे थे जहाँ वह जाना चाहता था। उसे तुरंत ही विश्वास हो गया कि उसके सारे दुख जल्द ही ख़त्म हो जाएगे। उसने आगे बढ़ने की अपनी इच्छा को रोक लिया, लेकिन फर्श पर झुककर इधर-उधर हिलने लगा। उसकी माँ उससे ज़्यादा दूर नहीं थी, पहले तो वह अपने

आप में ही तल्लीन लग रही थी, लेकिन फिर वह अचानक अपनी बाहें फैलाकर चिल्लाने लगी "मदद करो, भगवान के लिए दया करो !" जिस तरह से उसने अपना सिर पकड़ रखा था उससे पता चलता है कि वह ग्रेगर को अच्छा होते हुए देखना चाहती थी, लेकिन जिस तरह से वह बिना सोचे-समझे पीछे की ओर तेजी से जा रही थी, उससे पता चला कि वह उसके ठीक होने का नहीं सोच रही थी, बल्कि शायद डर गई थी। वह भूल गयी थी कि उसके पीछे मेज पर नाश्ते का सारा सामान रखा हुआ था, जब वह मेज के पास पहुँची तो उसे पता ही नहीं चला कि वह क्या कर रही है और वह जा कर उस सामान पर जा बैठी उसे ध्यान ही नहीं रहा कि कॉफ़ी पॉट गिर गया था और कॉफ़ी बहकर कालीन पर गिर रही थी।

"माँ, माँ", ग्रेगर ने अपनी माँ की ओर देखते हुए धीरे से कहा। वह उस पल के लिए हेड क्लर्क को पूरी तरह से भूल गया था, लेकिन बहती कॉफ़ी को देखकर वह आगे बड़ा, यह देखकर उसकी माँ फिर से चिल्लाने लगी, वह मेज से उठ बहुत तेजी से ग्रेगर के पिता के पास चली गई। हालाँकि, ग्रेगर के पास अब अपने माता-पिता के लिए और ज़्यादा वक्त नहीं था, क्योंकि हेड क्लर्क पहले ही सीढ़ियों तक पहुँच चुका था और रेलिंग से मुड़ते हुए उसने आखिरी बार पीछे मुड़कर देखा। ग्रेगर उसकी तरफ दौड़ पड़ा। वह बस किसी भी तरह उस तक पहुँच जाना चाहता था। हेड क्लर्क को भी कुछ उससे ऐसी ही उम्मीद रही होगी, इसलिए वह एक साथ कई सीढ़ियाँ नीचे उतर गया और आँखों से ओझल हो गया। ग्रेगर की चीखें सीढ़ियों के चारों ओर गूँज रही थीं। दुर्भाग्यवश, हेड क्लर्क के बिना कुछ कहे ऐसे निकल जाने के कारण ग्रेगर के पिता को भी घबराहट होने लगी। अभी तक तो वह जैसे-तैसे ख़ुद को को नियंत्रित किये हुए थे, लेकिन अब, ख़ुद हेड क्लर्क के पीछे भागने या कम से कम ग्रेगर को उसके पीछे दौड़ने से रोकने के बजाय, उसके पिता ने हेड क्लर्क की छड़ी को अपने दाहिने हाथ में पकड़ लिया (जो हेड क्लर्क के पास थी और वह उसे अपनी कैप और ओवरकोट के साथ यहीं कुर्सी पर छोड़ गया था) और अपने बाएं हाथ से मेज पर रखे हुए अख़बार को उठा लिया और ग्रेगर को अपने कमरे में वापस ले जाने के लिए उसका इस्तेमाल करने लगे और कमरे में ले जाते समय ग्रेगर पर अपनी लात से प्रहार किया। ग्रेगर का अपने पिता के सामने गिड़गिड़ाने का कोई फ़ायदा नहीं हुआ, उसकी अपीलों को समझा ही नहीं गया, उसने जितनी नरमी से अपना सिर उठाने की कोशिश की, उसके पिता ने उतनी ही जोर से अपनी लात को उस पर मारा। कमरे के उस पार सर्द मौसम के बावजूद भी ग्रेगर की माँ ने एक खिड़की खोल दी थी, वह ग्रेगर से दूर

होकर खिड़की के पास चली गई और हाथों से अपने चेहरे को ढक लिया। खिड़की से हवा का एक तेज़ झोंका आया, पर्दे उड़ गए, मेज पर रखे अख़बार फड़फड़ाने लगे और उनमें से कुछ उड़कर फर्श पर गिर गए। ग्रेगर के पिता जब उसे वापस ले जा रहे थे तो कोई भी उनको रोकने की हिम्मत नहीं कर सका, क्योंकि वह एक जंगली आदमी की तरह ग्रेगर पर फुफकारने लगे थे। ग्रेगर को अपने छोटे-छोटे पैरों पर चलने का बिल्कुल अभ्यास नहीं था इसलिए वह बहुत धीरे-धीरे ही आगे बढ़ पा रहा था। यदि ग्रेगर को मुड़ने के लिए सिर्फ़ कहा गया होता, तो वह तुरंत अपने कमरे में वापस आ गया होता, लेकिन अब उसे डर था कि अगर उसने ऐसा करने में वक्त लगाया तो उसके पिता अधीर होकर किसी भी पल उसकी पीठ या सिर पर छड़ी से मार देंगे। हालाँकि, अंत में ग्रेगर को एहसास हो गया कि उसके पास कोई विकल्प नहीं था, इसलिए उसने अपने पिता की ओर बार-बार उत्सुक दृष्टि से देखते हुए, जितनी जल्दी हो सके कमरे की ओर जाना शुरू कर दिया। वह बहुत धीमी गति से चल रहा था, शायद उसके पिता भी उसके इरादों को देख पा रहे थे, क्योंकि उन्होंने उसे रोकने के लिए कुछ भी नहीं किया था। बस, कभी-कभार वह अपनी छड़ी की नोक का इस्तेमाल करके दूर से ही निर्देश दे देते थे कि किस तरफ मुड़ना है। आख़िर में जब अपने कमरे में जाने के लिए उसका सिर दरवाज़े के सामने आया तो उसे ख़ुशी हुई, लेकिन फिर उसने देखा कि दरवाज़ा बहुत संकरा था, क्योंकि वह पूरा नहीं खुला था और उसमें से निकलने के लिए उसका शरीर बहुत चौड़ा था।

जाहिर तौर पर वर्तमान मनोदशा के कारण उसके पिता के दिमाग में यह नहीं आया कि वह दूसरे दरवाज़े को भी खोल दें ताकि ग्रेगर को अंदर जाने के लिए पर्याप्त जगह मिल सके। वह तो बस इस विचार पर अड़े हुए थे कि जितनी जल्दी हो सके ग्रेगर को उसके कमरे में वापस भेजना। ग्रेगर दरवाज़े से अन्दर कैसे जाए यह सोच ही रहा था की इतने में उसके पिता ने पहले से भी कहीं ज़्यादा शोर मचाते हुए ग्रेगर को और अधिक जोर से अन्दर धकेल दिया मानो रास्ते में कोई अड़चन हो ही नहीं। ग्रेगर को ऐसा लग रहा था जैसे उसके पीछे एक नहीं बल्कि कई पिता हों जो एक साथ बल लगा रहे हों। यह कोई सुखद अनुभव नहीं था और ग्रेगर ने इस बात की परवाह किए बिना कि क्या हो सकता है, ख़ुद को दरवाज़े के अंदर धकेलने लगा। जिस वजह से वह दरवाज़े पर बने एक कोण से जा टकराया, उसके शरीर का एक हिस्सा तुरंत फूल गया और वह बुरी तरह घायल हो गया। अन्दर जाने की अपनी कोशिश के दौरान वह दरवाज़े पर गंदे भूरे धब्बे छोड़ते हुए, जा फंसा और बिल्कुल हिलने-डुलने की स्थिति में भी नहीं रहा। उसके एक तरफ के पैर

हवा में कांपते हुए झुल रहे थे, जबकि दूसरी तरफ के पैर जमीन पर दर्द के कारण गड़े हुए थे। तभी उसके पिता ने उसे पीछे से जोरदार धक्का दिया, जिससे वह लगभग उड़ता हुआ सा अपने कमरे में वहीं जा गिरा, जहाँ से वह बड़ी मुश्किल से आया था, ग्रेगर के शरीर से खून बहकर कमरे की जमीन पर गिरने लगा। दरवाज़े को बाहर से डंडे की मदद से जोर से बंद कर दिया गया, तब जाकर माहौल शांत हुआ।

▲ ▲ ▲

II

उस शाम अंधेरा होने तक ग्रेगर अपनी गहरी या यूँ कहें कोमा जैसी नींद से नहीं जागा। वैसे अगर उसे परेशान न किया गया होता तो भी वह जल्द ही जाग जाता, क्योंकि उसने पर्याप्त नींद ले ली थी और अब पूरी तरह से उसका शरीर राहत महसूस कर रहा था। लेकिन उसे लग रहा था कि कुछ जल्दबाजी भरे तेज कदमों और सामने वाले कमरे के दरवाज़े की सावधानी से बंद होने की आवाज़ ने उसे जगा दिया है। बिजली के स्ट्रीट लैंप की रोशनी छत और फर्नीचर के ऊपर यहाँ-वहाँ हल्की चमक बिखेर रही थी, लेकिन नीचे जहाँ ग्रेगर लेटा था, वहाँ अंधेरा था। वह अपने सिर के एंटीना से अपने रास्ते को महसूस करता हुआ, बहुत फूहड़ तरीक़े ख़ुद को दरवाज़े की ओर ले जा रहा था - अपने सिर के एंटीना का मूल्य वह अब जानना शुरू कर रहा था - देखने के लिए कि वहाँ क्या हो रहा था। उसके शरीर का पूरा बायाँ हिस्सा दर्द से तड़प रहा था और वह अपने छोटे- छोटे पैरों पर बुरी तरह लंगड़ा रहा था। सुबह हुई घटना में उसका एक पैर बुरी तरह घायल हो गया था - यह लगभग एक चमत्कार था कि उनमें से केवल एक ही घायल हुआ था - और बेजान सा पड़ा था।

जब वह दरवाज़े पर पहुँचा तभी उसे एहसास हुआ कि वह क्या था जिसने उसे अपनी ओर खींचा था, दरअसल यह किसी खाने की चीज़ की गंध थी। दरवाज़े के पास मीठे दूध से भरा एक बर्तन था और उसमें सफ़ेद ब्रेड के छोटे-छोटे टुकड़े तैर रहे थे। वह इतना खुश हुआ कि वह लगभग हँसने लगा, क्योंकि अब उसे आज सुबह से भी ज़्यादा भूख लगी थी। उसने तुरंत अपना सिर दूध में डुबोया दिया, जिस वजह से दूध लगभग उसकी आँखों तक आ गया था, लेकिन जल्द ही उसने निराशा में अपना सिर फिर पीछे खींच लिया, क्योंकि न केवल बाएं हिस्से में दर्द के कारण खाना खाना मुश्किल हो गया था - बल्कि वह केवल तभी खा पा रहा था, जब उसका पूरा शरीर एक साथ मिलकर काम कर रहा हो, लेकिन दूध का स्वाद बिल्कुल भी अच्छा नहीं था। दूध आमतौर पर उसका पसंदीदा पेय था और उसकी बहन ने निश्चित रूप से उसके लिए इसे वहीं छोड़ दिया होगा, लेकिन वह लगभग अपनी इच्छा के विरुद्ध दूध के बर्तन से दूर चला गया और वापस रेंगकर अपने कमरे के बीचोंबीच आ गया।

दरवाज़े की दरार से ग्रेगर देख सकता था कि लिविंग रूम में गैस (लैंप) जलाई गई है। आम तौर पर, इस समय उसके पिता अपना शाम का अख़बार लेकर बैठे रहते थे और

33

उसे ऊँची आवाज़ में ग्रेगर की माँ और कभी-कभी उसकी बहन को पढ़ाते थे, लेकिन अब कोई आवाज़ सुनाई नहीं दे रही थी। ग्रेगर की बहन अक्सर इस पढ़ने के बारे में लिखती और उसे बताती थी, लेकिन शायद उसके पिता की पढ़ने-पढ़ाने की यह आदत हाल के दिनों में छूट गई थी। भले ही घर में कोई न कोई ज़रूर होगा लेकिन चारों ओर बहुत शांति थी। ग्रेगर ने ख़ुद से कहा, "यह परिवार कितना शांत जीवन जीता है", और अंधेरे में यह देखते हुए उसे बहुत गर्व महसूस हुआ कि वह अपनी बहन और माता-पिता को इतने अच्छे घर में ऐसी ज़िन्दगी देने के काबिल था। लेकिन अब क्या, यदि इस सारी शांति, पैसे और आरामदायक जीवन का भयानक और डरावना अंत हो जाए? इसके बारे में ग्रेगर बहुत ज़्यादा सोचना नहीं चाहता था, इसलिए उसने कमरे में ऊपर-नीचे रेंगते हुए इधर-उधर घूमना शुरू कर दिया।

उस लंबी शाम के दौरान एक बार, कमरे के एक तरफ का दरवाज़ा थोड़ा सा खोला गया और जल्दी से फिर से बंद कर दिया गया; बाद में, दूसरी तरफ के दरवाज़े को भी वैसे ही बंद कर दिया गया; ऐसा लग रहा था कि कोई कमरे में आना चाहता है, लेकिन फिर उसने दरवाज़ा बंद करना ही बेहतर समझा होगा। ग्रेगर गया और तुरंत दरवाज़े के पास इंतजार करने लगा, उसने निश्चय किया कि या तो उस आने वाले डरे हुए को किसी तरह से कमरे में लाया जाए या कम से कम यह पता लगाया जाए कि वह कौन था, लेकिन उस रात दरवाज़ा दोबारा नहीं खोला गया और ग्रेगर का इंतज़ार व्यर्थ हो गया। पिछली सुबह जब दरवाज़े बंद थे तो हर कोई उसके पास आना चाहता था, लेकिन अब, जबकि उसने एक दरवाज़ा खोल दिया था और दूसरा साफ़ तौर पर दिन में किसी समय खुला था, तो भी कोई नहीं आया और चाबियाँ तो दूसरी तरफ से ही लगी हुई थीं।

देर रात तक लिविंग रूम की गैसलाइट नहीं बुझी थी और अब यह आसानी से देखा जा सकता था कि उसके माता-पिता और बहन पूरे समय जागते रहे थे, क्योंकि उन सभी को बोलते हुए साफ-साफ सुना जा सकता था, फिर वे दबे पांव एक साथ चले गए। अब यह स्पष्ट था कि सुबह तक कोई भी ग्रेगर के कमरे में नहीं आएगा। इससे उसे बिना किसी बाधा के यह सोचने के लिए काफ़ी समय मिल गया कि उसे अपने जीवन को फिर से कैसे व्यवस्थित करना होगा। किसी कारण से, जिस ऊँचे और खाली कमरे में उसे रहने के लिए मजबूर किया गया था, उससे उसे बेचैनी महसूस हो रही थी, क्योंकि वह वहाँ फर्श पर लेटा हुआ था। भले ही वह इसमें पांच साल से रह रहा था। थोड़ी सी शर्मिंदगी के अलावा उसे कुछ भी पता नहीं था कि वह क्या कर रहा है, वह जल्दी से सोफ़े के नीचे घुस गया। इससे

उसकी पीठ पर थोड़ा दबाव पड़ा जो उसे अच्छा लग रहा था, लेकिन अब वह अपना सिर भी नहीं उठा पा रहा था, उसे इस समय केवल एक बात का अफसोस हो रहा था कि उसका शरीर इतना चौड़ा क्यों हो गया जिस वजह से उसका पूरा शरीर सोफ़े के नीचे नहीं आ सका।

उसने पूरी रात वहीं सोफे के नीचे कभी सोते कभी जागते बिताई, क्योंकि वह बार-बार अपनी भूख के कारण घबराकर उठ जाता था और चिंताओं व धुंधली उम्मीदों में फंस जाता। सब सोच-विचार करने के बाद वह हर बार एक ही निष्कर्ष पर पहुँचा कि इस समय उसे शांत रहना चाहिए, उसे धैर्य और ज़्यादा समझदारी दिखानी ही होगी, ताकि उसका परिवार उस खटास को झेल सके, जो इस समय उसकी वजह वे सब झेलने को मजबूर थे।

ग्रेगर को जल्द ही अपने निर्णयों की ताकत को परखने का मौक़ा मिला। रात खत्म होने से थोड़ा पहले अगली सुबह, उसकी बहन ने लगभग पूरी तरह से तैयार होकर सामने के कमरे का दरवाज़ा खोला और उत्सुकता से अंदर झांका। वह उसे दिखाई नहीं दिया, लेकिन तभी जब उसने उसे सोफे के नीचे देखा सच तो यह है की उसे कमरे में कहीं तो होना ही था ना, भगवान का धन्यवाद है कि वह उड़ नहीं सकता था - वह इतनी बुरी तरह चौंक गई कि ख़ुद पर नियंत्रण खो बैठी और बाहर से दरवाज़ा फिर से बंद कर दिया। लेकिन उसे शायद अपने व्यवहार पर पछतावा हो रहा था, क्योंकि उसने तुरंत फिर से दरवाज़ा खोला और दबे पाँव ऐसे अंदर आई, जैसे कि किसी गंभीर रूप से बीमार या किसी अजनबी के कमरे में प्रवेश कर रही हो। ग्रेगर ने अपना सिर आगे बढ़ाया और उसे देखता रहा। वह सोच रहा था कि क्या वह इस बात पर ध्यान देगी कि उसने दूध वैसे ही छोड़ दिया था, क्या उसे अहसास होगा कि ऐसा उसने भूख न लगने के कारण नहीं किया और क्या वह उसके खाने के लिए कुछ और लाएगी जो उसे ज़्यादा अच्छा लगे? यदि वह ख़ुद ऐसा नहीं करती तो वह उसे ध्यान दिलाने के बजाय भूखा रहना पसंद करता, हालाँकि उसकी भयानक इच्छा हो रही थी कि वह सोफे के नीचे से निकल कर आगे बढ़े और ख़ुद को अपनी बहन के पैरों पर गिराकर उससे कुछ अच्छा खाने के लिए विनती करें, लेकिन उसकी बहन ने तुरंत कल के दूध वाले खाने को देख लिया। कुछ हैरानी के साथ वह दूध को देख रही थी, लेकिन फिर उसने तुरंत उसे उठाया, अपने नंगे हाथों से नहीं, बल्कि एक कपड़े का उपयोग करके और जब वह ऐसा कररही थी तो कुछ बूँदें उसके चारों ओर बिखर गईं- जिसे उसने पूरा साफ किया। ग्रेगर बहुत सी संभावनाओं की कल्पना करते

हुए, हद से ज़्यादा उत्सुक था कि वह इसकी जगह क्या लाएगी, लेकिन वह बिल्कुल भी अंदाजा नहीं लगा सका कि उसकी बहन, उसके भले के लिए वास्तव में क्या लेकर आई थी। वह उसके स्वाद को जाँचने की खातिर उसके लिए ढेर सारी चीज़ें लेकर आई, जो एक पुराने अख़बार पर फैली हुई थीं। जिसमें पुरानी और आधी सड़ी सब्जियाँ थीं; सफ़ेद सॉस में लिपटी हुई, शाम के भोजन की बची-खुची हड्डियाँ जो सख्त हो गई थीं; कुछ किशमिश और बादाम; थोड़ा सा पनीर जिसे ग्रेगर ने दो दिन पहले ही न खाने लायक कहा था; एक सूखा रोल और ब्रेड पर मक्खन और नमक छिड़का हुआ, इन सबके साथ-साथ उसने बर्तन में थोड़ा पानी डाला था जो शायद ग्रेगर के उपयोग के लिए स्थायी रूप से अलग रख दिया गया था। वह बर्तन उसके पास रख दिया था। चूंकि, वह जानती थी कि वह उसके सामने खाना नहीं खाएगा, इसलिए वह फिर से जल्दी से बाहर चली गई और ताला बंद कर दिया ताकि ग्रेगर को पता रहे कि वह अपने हिसाब से जैसे चाहे वैसे आरामदायक तरीक़े से रह सकता है। ग्रेगर के छोटे-छोटे पैर फड़कने लगे और अब आख़िरकार वह कुछ खा पाया। इससे भी बड़ी बात यह थी कि शायद उसकी चोटें पूरी तरह से ठीक हो गई होंगी क्योंकि उसे चलने-फिरने में कोई कठिनाई नहीं हुई। इस बात से वह हैरान रह गया, क्योंकि एक महीने से भी ज़्यादा समय पहले उसने अपनी उंगली चाकू से थोड़ी सी काट ली थी, पर घाव इतना ताजा था कि उसे लगता था जैसे कल-परसों ही उसकी उंगली में चोट लगी हो। "क्या मैं पहले के मुक़ाबले कम संवेदनशील हूँ?" उसने पनीर को लालच से चूसते हुए सोचा, अब वही पनीर उसे लगभग अख़बार में छपे दूसरे खाद्य पदार्थों की तुलना में कहीं ज़्यादा अच्छा लगा और उसी पनीर ने उसे उनसे कहीं ज़्यादा ललचाया। उसने तेजी से एक के बाद एक पनीर, सब्जियाँ और सॉस खत्म की, उसकी आँखों में खुशी से पानी आ रहा था।

दूसरी ओर, ताज़ा भोजन उसे बिल्कुल पसंद नहीं आ रहा था और जिन चीज़ों को वह खाना चाहता था, उन्हें भी ताजा चीजों से थोड़ी दूर खींच लेता था, क्योंकि वह उनकी गंध बर्दाश्त नहीं कर पा रहा था। खाना खा चुकने के काफ़ी देर बाद तक जब वह उसी जगह पर सुस्त पड़ा हुआ था, तो उसकी बहन ने उसे वापिस सोफ़े के नीचे जाने के लिए धीरे से ताले में चाबी घुमाकर इशारा किया। वह एकदम चौंक गया, हालाँकि वह आधी नींद में था, लेकिन वह जल्दी से वापस सोफ़े के नीचे चला गया। पर, जब उसकी बहन कमरे में होती, तब ग्रेगर के लिए थोड़े से समय के लिए भी वहाँ सोफे के नीचे रहना मुश्किल हो जाता था, क्योंकि इतना खाना-खाने से उसका शरीर थोड़ा सा मोटा हो गया

था। वह उसका दम घुटता था और वह मुश्किल से सांस ले पाता था। उसने देखा, जब उसकी बहन ने बिना सोचे-समझे झाड़ू उठाई और वहाँ सफाई करते हुए बचे हुए खाने को कचरे के साथ मिला दिया और यह सब एक डिब्बे में डाल कर, बंद कर दिया और दूर ले गई। वह फिर से सोफे के नीचे से बाहर आया और अंगड़ाई लेने लगा।

अब हर दिन ग्रेगर को इसी तरह खाना मिलता था, एक बार तब सुबह जब उसके माता-पिता और नौकरानी सो रहे होते थे और दूसरी बार दोपहर में सभी के खाना खा लेने के बाद जब उसके माता-पिता थोड़ी देर के लिए सोते थे और ग्रेगर की बहन नौकरानी को किसी काम से बाहर भेज देती थी। ग्रेगर के पिता और माँ भी हरगिज नहीं चाहते थे कि वह भूखा रहे, लेकिन शायद उन्हें उसके भोजन के बारे में जितना बताया गया था, अगर वे देख लेते तो उससे कहीं अधिक कष्ट का अनुभव उन्हें होता शायद उसकी बहन उन्हें किसी भी परेशानी से बचाना चाहती थी, क्योंकि वह पहले ही बहुत परेशान थे।

ग्रेगर के लिए यह पता लगाना संभव नहीं था कि पहली सुबह जब सबने डॉक्टर और ताला बनाने वाले को बुलाया तो क्या कहकर फ्लैट रो बाहर भेजा होगा। चूँकि कोई भी उसे समझ नहीं सकता था। किसी ने भी नहीं, यहाँ तक कि उसकी बहन ने भी नहीं सोचा था कि वह उन्हें समझ सकता है, इसलिए जब वह कमरे में आती तो उसे अपनी बहन का डर महसूस होता, क्योंकि उसकी बहन ईश्वर से प्रार्थना करती रहती थी। बाद में वह हर चीज की आदी हो गई - जब ग्रेगरअपने लिए बहन द्वारा छोड़े गए पूरे खाने को खत्म कर देता तो वह कहती कि "उसने आज अपने डिनर का आनंद लिया",, या यदि उसने उसमें से ज़्यादातर को छोड़ दिया था (जो धीरे-धीरे आमतौर पर होने लगा था) तो वह अक्सर दुखी हो कर कहती, "आज उसने सब कुछ फिर से छोड़ दिया है।"

हालाँकि ग्रेगर किसी भी समाचार को सीधे सुनने में सक्षम नहीं था, दूसरे कमरों में जो भी बातें होती थी, वह उन्हें सुनने की बहुत कोशिश करता और जब भी वह किसी को बोलते हुए सुनता तो वह सीधे उसी दरवाज़े की ओर भागता जहाँ से आवाज़ आ रही होती थी और अपने पूरे शरीर को उस दरवाज़े से सटा लेता। ख़ासकर पहले-पहल तो शायद ही कभी कोई ऐसी बातचीत होती थी, जो किसी भी तरह से उसके बारे में न हो, भले ही छिपकर ही क्यों न होती हो। पूरे दो दिनों तक, हर बार खाने के दौरान बस यही बातें होती रहीं कि अब उन्हें क्या करना चाहिए; लेकिन जब वह खान न भी खा रहे होते थे तो भी बीच के समय में ग्रेगर के विषय पर बात करते थे, क्योंकि घर पर हमेशा परिवार के कम से कम दो सदस्य होते थे - कोई भी अकेले घर पर नहीं रहना चाहता था और फ्लैट को

पूरी तरह से खाली छोड़ने का तो सवाल ही नहीं उठता था। पहले ही दिन नौकरानी घुटनों के बल गिर पड़ी और ग्रेगर की माँ से विनती करने लगी कि उसे बिना देर किये तुरंत यहाँ से जाने दे। यह बहुत स्पष्ट नहीं था कि जो कुछ हुआ था उसके बारे में उसे कितना पता था, लेकिन वह अपने जाने की आज्ञा पा कर ग्रेगर की माँ को आंसुओं से धन्यवाद देते हुए बहुत जल्दी चली गई।

लेकिन जाते-जाते वह कसम खा रही थी कि जो कुछ हुआ हैं वह उसके बारे में किसी को ज़रा भी नहीं बताएगी, भले ही किसी ने उससे यह बात नहीं कही थी।

अब ग्रेगर की बहन को भी खाना पकाने में उसकी माँ की मदद करनी पड़ती थी। वैसे, यह उतनी परेशान करने वाली बात भी नहीं थी, क्योंकि कोई भी बहुत ज़्यादा नहीं खाता था। ग्रेगर अक्सर सुनते थे कि कैसे वे सब एक दूसरे को खाने के लिए आग्रह करते थे, लेकिन फिर भी यह कोशिश असफल होती थी क्योंकि "नहीं" या फिर "धन्यवाद, बस बहुत हो गया" या ऐसे ही कुछ और शब्दों के अलावा कोई जवाब नहीं मिलता था। किसी ने भी बहुत ज़्यादा शराब नहीं पी। उसकी बहन कभी-कभी उसके पिता से पूछती थी कि क्या उन्हें बीयर चाहिए, इस उम्मीद में कि उसे ख़ुद जाकर बियर लाने का मौक़ा मिलेगा, लेकिन जब उसके पिता कुछ नहीं कहते थे, तो वह भी चुप हो जाती, ताकि उसे कोई स्वार्थी और पीने का शौकीन न समझे, किन्तु तभी उसके पिता बड़े, ज़ोर से "नहीं" कहकर मामले को वहीं खत्म कर देते थे।

इसके बाद आगे कुछ कहने के लिए नहीं रह जाता था। पहला दिन ख़त्म होने से पहले ही उसके पिता ने ग्रेगर की माँ और बहन को समझाया था कि उनकी आर्थिक स्थिति और आगे की क्या संभावनाएँ हैं। बीच-बीच में वे मेज से उठ खड़े होते और उस छोटे कैश बॉक्स से कुछ रसीद या दस्तावेज़ निकालते, जो उन्होंने अपने बिज़नेस से बचाकर रखे थे, जो पाँच साल पहले बर्बाद हो गया था। ग्रेगर ने सुना कि कैसे उन्होंने कठिनाई से खुलने वाले ताले को खोला और अपनी पसंदीदा चीज बेचने के लिए लेने के बाद उसे फिर से बंद कर दिया।

जब ग्रेगर पहली बार अपने कमरे में कैद हुआ था, तो उसने अपने पिता को जो कहते सुना वह पहली अच्छी खबर थी। उसने तो सोचा था कि उसके पिता के बिज़नेस से कुछ भी नहीं बचा था, क्योंकि उन्होंने कम से कम उसे इस बात से अलग कभी कुछ नहीं बताया था और न ही ग्रेगर ने इस बारे में कभी उनसे पूछा था। उनकी बिज़नेस की बर्बादी ने परिवार को बिल्कुल निराशा की स्थिति में ला दिया था और उस समय ग्रेगर की एकमात्र

चिंता सारे सामान की व्यवस्था करना था, ताकि वे सभी इसे जल्द से जल्द भूल सकें। फिर ग्रेगर ने पूरी ताकत, जुनून और कड़ी मेहनत से काम करना शुरू कर दिया, जिसने उसे लगभग रातोंरात एक जूनियर सेल्समैन से ट्रैवलिंग प्रतिनिधि तक पहुँचा दिया और इसके साथ कई अलग-अलग तरीक़ों से पैसा कमाने का मौक़ा भी मिला। ग्रेगर ने काम में अपनी सफलता को सीधे नकदी में बदल दिया, जिसे वह अपनी खुशी से ख़ुश होकर परिवार के फायदे के लिए घर में दे देता था। वे अच्छे दिन थे और वे दिन फिर मुड़कर कभी नहीं आए, कम से कम उसी वैभव के साथ नहीं, बाद में चाहे ग्रेगर ने इतना कमा लिया था कि वह पूरे परिवार का खर्च उठाने के लिए सक्षम हो गया था और उसने अपनी ख़ुशी से उठाया भी। घरवालों को इसकी आदत भी हो गई थी, ग्रेगर ने मालिक से और परिवार ने ग्रेगर से, दोनों ने कृतज्ञता के साथ पैसे ले लिए और वह इन्हे देकर खुश था, हालाँकि बदले में अब ज़्यादा स्नेह नहीं दिया जाता था। ग्रेगर अब सिर्फ़ अपनी बहन के करीब रह गया था। उसके विपरीत, ग्रेगर की बहन संगीत की बहुत शौकीन थी और एक टैलेंटेड वायलिन वादक भी थी, यह ग्रेगर की गुप्त योजना थी कि उसे सीख़ाने के लिए अगले साल कंज़र्वेटरी में भेजा जाए, भले ही इसके लिए ग्रेगर को बहुत अधिक खर्च करना पड़ता, जिसकी भरपाई किसी और तरीक़े से उसे करनी पड़ती। ग्रेगर के शहर में कम समय रह पाने के दौरान उसकी बहन के साथ बातचीत अक्सर कंज़र्वेटरी के मुद्दे पर होती थी, लेकिन इसका जिक्र सिर्फ़ एक प्यारे से सपने के रूप में किया जाता था, जिसे कभी साकार नहीं किया जा सका। उनके माता-पिता को यह बेकार बात सुनना पसंद नहीं आया, लेकिन ग्रेगर ने इसके बारे में काफ़ी सोचा और फैसला किया कि वह क्रिसमस के दिन इसकी जोरदार घोषणा करके उन्हें बताएगा कि उसने क्या योजना बनाई है।

यह अब पूरी तरह एक फालतू बात हो गई थी, जो उसकी वर्तमान हालत में उसके दिमाग में घूम रही थी, वह दरवाज़े के सामने सीधा खड़ा होकर सुन रहा था। कई बार ऐसा भी होता था जब वह इतना थक जाता था कि सुनना जारी नहीं रख पाता था और दरवाज़े पर कान लगाए हुए सुनते- सुनते थक जाता और अचानक एक झटके से गिर जाता , लेकिन अगले ही पल वह फिर से उठ खड़ा होता, क्योंकि उसके द्वारा किया गया थोड़ा सा भी शोर दूसरे दरवाज़े तक सुनाई देता था और वे सभी वहाँ से चुपचाप चले जाते थे। "वह अब क्या कर रहा है", उसके पिता थोड़ी देर बाद स्पष्ट रूप से दरवाज़े पर जाकर कहते और उसके बाद ही बंद हुई बातचीत धीरे-धीरे फिर से शुरू की जाती।

कुछ बातों को विस्तार से समझाते समय, उसके पिता ने अपनी बात कई बार

दोहराई, कुछ इसलिए क्योंकि उन्हें ख़ुद इन मामलों को उलझाए हुए काफ़ी समय हो गया था और कुछ इसलिए भी क्योंकि ग्रेगर की माँ पहली बार में सब कुछ समझ नहीं पाती थीं। बार-बार दिए गए इन स्पष्टीकरणों से जब ग्रेगर को पता चला कि तमाम बदकिस्मती के बावजूद पुराने दिनों का कुछ पैसा अभी भी बचा हुआ था, तो उसे बेहद खुशी हुई। यह बहुत तो नहीं था, लेकिन इस बीच यह कभी निकाला नहीं गया था और उस पैसे पर कुछ ब्याज जमा हो गया था। इसके अलावा, जो ग्रेगर हर महीने घर ला रहा था, वे उस सारे पैसे का उपयोग नहीं कर रहे थे, उसमें से भी थोड़ा सा बचाकर वह भी जमा कर रहे थे। दरवाज़े के पीछे, ग्रेगर ने इस अप्रत्याशित कमखर्ची और सावधानी से खुशी में उत्साह से सिर हिलाया। वह इस बचत के पैसे का उपयोग अपने मालिक से लिए पिता के कर्ज को कम करने के लिए कर सकता था और वह दिन बहुत करीब आ गया था जब वह ख़ुद को उस नौकरी से आज़ाद कर सकता था, लेकिन अब जिस तरह से उसके पिता ने काम किया था, वह निश्चित रूप से बेहतर था।

हालाँकि, यह पैसा निश्चित रूप से इतना नहीं था कि परिवार उस पैसे के ब्याज से गुजारा कर सके पर यह शायद एक या दो साल तक घर चलाने के लिए पर्याप्त था, इससे ज़्यादा नहीं। कहने का मतलब यह है कि, यह वह पैसा था, जिसे सचमुच छुआ नहीं जाना चाहिए, बल्कि संकट की घड़ी के लिए अलग रखा जाना चाहिए और जीवनयापन के लिए अलग से पैसा कमाना चाहिए था। उसके पिता स्वस्थ ज़रूर थे, लेकिन बूढ़े हो चुके थे और उनमें आत्मविश्वास की कमी भी आ गई थी, जब से उनका बिज़नेस डूबा था। इन पांच वर्षों के दौरान उन्होंने कोई काम नहीं किया था, जिस वजह से तनावभरे और असफल जीवन में पहली और लंबी छुट्टी के कारण उनका वजन बहुत बढ़ गया था। तो क्या ग्रेगर की बड़ी माँ को अब बाहर जाकर पैसे कमाने होंगे? वह अस्थमा से पीड़ित थी और घर में घूमना-फिरना भी उनके लिए परेशानी का कारण था, उनका हर दूसरा दिन खुली हुई खिड़की के पास सोफ़े पर सांस लेने की जद्दोजहद में बीतता था। तो फिर क्या उसकी बहन को बाहर जाकर पैसे कमाने होंगे? वह अभी भी सत्रह साल की बच्ची थी और अब तक उसका जीवन ऐसा था कि किसी को भी उससे ईर्ष्या होती, जिसमें अच्छे कपड़े पहनना, देर तक सोना, कामकाज में कुछ मदद कर देना, छोटी-छोटी चीजों के आनंद लेना और सबसे बढ़कर वायलिन बजाना शामिल था। अब, जब भी वे पैसे कमाने की ज़रूरत के बारे में बात करना शुरू करते, ग्रेगर हमेशा पहले दरवाज़ा छोड़ देता और अपने बग़ल में रखे चमड़े के ठंडे सोफे पर जा गिर था , क्योंकि शर्म, पछतावे और गुस्से से उसके शरीर

का तापमान स्वतः ही काफ़ी बढ़ जाता था।

वह अक्सर पूरी रात वहीं पड़ा रहता था, एक झपकी भी नहीं लेता, बल्कि घंटों तक चमड़े के बने सोफे को खरोंचता रहता था या फिर कुर्सी को खिड़की की ओर धकेलता और खिड़की की दिवार पर टेक लगाकर झुककर उससे बाहर देखने की पूरी कोशिश करता। ऐसा करने में उसे बड़ी आज़ादी का अहसास हुआ करता था, लेकिन अब ऐसा करना जाहिर तौर पर अपने असली अनुभव से अधिक यादगार अनुभव हो गया था, क्योंकि इस रास्ते में उसने पहले वास्तव में जो देखा था, वह हर दिन धुंधला होता जा रहा था, यहाँ तक कि वे चीज़ें भी जो काफ़ी करीब थीं। वह सड़क के पार मौजूद अस्पताल के दृश्य को देखकर हमेशा कोसता था, लेकिन अब वह ऐसा, बिल्कुल नहीं करता था और अगर उसे नहीं पता होता कि वह चार्लोटेनस्ट्रैस में रहता है, जो शहर के बीचोंबीच होने के बावजूद एक शांत सड़क थी, तो वह सोच रहा होता कि वह किसी सुनसान जगह रहता है जहाँ खिड़की से बाहर वह किसी बंजर भूमि को देख रहा है और जहाँ दूर कहीं आकाश और धरती का अटूट मिलन हो रहा हो। उसकी समझदार बहन पहले कुर्सी को हमेशा जिस स्थान पर वह रखी रहती थी, उसी स्थिति में वापस धकेल कर रख देती थी, फिर कमरे को साफ-सुथरा करती थी, लेकिन अब वह सफाई के बाद कुर्सी खिड़की के पास वापस रख देती और खिड़की भी खुला छोड़ दिया करती थी।

यदि ग्रेगर केवल अपनी बहन से बात कर पाता और उसे उसके लिए जो कुछ भी करना पड़ रहा है उसके लिए धन्यवाद दे पाता, तो उसके लिए यह सब सहन करना आसान होता। उसकी बहन ने स्वाभाविक रूप से जहाँ तक संभव हो सके यह दिखावा करने की कोशिश की कि उसे ये सभी काम करने में कोई भी परेशानी नहीं हैं और जब तक यह सब चलता रहा, निस्संदेह, वह उतना ही बेहतर करने में सक्षम थी, लेकिन जैसे-जैसे समय बीतता गया ग्रेगर भी यह समझने में सक्षम हो गया यह सब कितना बेहतर होता जा रहा है। अब, जब भी उसकी बहन कमरे में प्रवेश करती थी तो यह उसके लिए बहुत नापसंद हो गया था। जैसे ही वह अंदर आती, एहतियात के तौर पर तुरंत दरवाज़ा बंद कर देती ताकि किसी को भी ग्रेगर के कमरे का नज़ारा न देखना पड़े। फिर वह सीधे खिड़की के पास जाती और उसे जल्दी से खींचकर खोल देती, मानो उसका दम घुट रहा हो। भले ही ठंड हो पर वह थोड़ी देर के लिए खिड़की पर रुककर गहरी सांस लेती रहती। अपने इस भाग-दौड़ और शोर-शराबे के कारण वह दिन में दो बार ग्रेगर को सचेत करती थी ताकि वह कमरा साफ कर सके। यह अच्छी तरह से जानते हुए कि वह निश्चित रूप से

उसे इस अग्नि परीक्षा से बचाना चाहती थी, लेकिन बहन के लिए भी खिड़कियाँ बंद करके उसके साथ एक ही कमरे में रहना असंभव था।

ग्रेगर के बदलाव के लगभग एक महीने बाद, उसकी बहन के पास उसकी शक्ल देखकर चौंकने का कोई विशेष कारण नहीं रह गया था, एक दिन, जब वह रोजाना से थोड़ा पहले कमरे में आई और उसने देखा कि वह अभी भी निश्चल बैठा खिड़की से बाहर देख रहा है तो उसे बहुत भयानक लगा। उसकी बहन का कमरे में न आना ग्रेगर के लिए कोई आश्चर्य की बात नहीं होती क्योंकि जब ग्रेगर वहाँ था, बहन के लिए तुरंत खिड़की खोलना मुश्किल होता लेकिन अब न सिर्फ़ वह कमरे में अंदर नहीं आई, बल्कि उसे देखकर वहीं से सीधे वापस चली गई और दरवाज़ा बंद कर दिया। कोई अजनबी देखता तो सोचता कि उसने उसे धमकी दी है और उसे काटने की कोशिश की है। तब बेशक, ग्रेगर ख़ुद को सोफे के नीचे छिपाने के लिए सीधे चला गया, लेकिन उसे अपनी बहन की वापसी का दोपहर तक इंतजार करना पड़ा। आज वह सामान्य से कहीं ज़्यादा असहज लग रही थी। इससे ग्रेगर को एहसास हुआ कि उसकी बहन को अभी भी उसकी उपस्थिति असहनीय लगती है और उसका ऐसा करना जारी रहा। शायद उसे अपनी कमरे से भागने की इच्छा पर भी काबू पाना पड़ता था, जब वह सोफे के नीचे से बाहर निकले हुए उसके छोटे से हिस्से को भी देख लेती। उस दिन, अपने-आप को अपनी बहन की नज़र से बचाने के लिए, उसने बिस्तर की चादर को अपनी पीठ पर ओढ़कर सोफ़े के पीछे चार घंटे पूरी तरह से ख़ुद को ढक कर बिताए, अब उसकी बहन झुकने पर भी उसे नहीं देख पाती थी। कोई और दिन होता जब सब ठीक था तो उसकी बहन सोफे से चादर उठा कर पलग पर बिछा देती, लेकिन उस की बहन ने चादर वहीं रहने दी जहाँ वह थी। ग्रेगर ने सोचा कि उसकी बहन को नई व्यवस्था कितनी पसंद आई, यह देखा जाए तो उसने सावधानी से चादर के नीचे से बाहर देखा, उस समय उसे अपनी बहन के चेहरे पर कृतज्ञता की झलक दिखाई दी।

पहले चौदह दिनों तक, ग्रेगर के माता-पिता उसे देखने के लिए कमरे में आने का साहस नहीं कर सके। वह अक्सर उन्हें उसकी बहन द्वारा किए जा रहे सारे नए-नए कामों की सराहना करते हुए सुनता था, भले ही पहले वे उसे एक ऐसी लड़की के रूप में देखते थे जो काफी हद तक बेकार थी और अक्सर वे उससे नाराज़ रहते थे। लेकिन अब वे दोनों, पिता और माँ अक्सर ग्रेगर के कमरे के बाहर दरवाज़े पर इंतज़ार करते थे, जब उसकी बहन वहाँ साफ-सफाई करने जाती थी। फिर, जैसे ही वह बाहर आती, उसे उन्हें

सब कुछ बताना होता था कि अन्दर सब कुछ कैसा दिखता है, ग्रेगर ने क्या खाया था, इस बार उसने कैसा व्यवहार किया और क्या शायद, कोई मामूली सा भी सुधार देखा जा सकता था। उसकी माँ भी बेसब्री से ग्रेगर से मिलने जाना चाहती थीं, लेकिन उनके पिता और बहन ने उन्हें इसके लिए मना कर दिया था। ग्रेगर ने यह सब बहुत ध्यान से सुना और पूरी तरह रजामंद हो गया। हालाँकि, बाद में उसकी माँ को जबरदस्ती रोका तो उसने रो रोकर पुकारा : "मुझे जाकर ग्रेगर को देखने दो, वह मेरा बेटा है! क्या आपको समझ नहीं आता कि मुझे उससे मिलना है?" और ग्रेगर मन ही मन सोचता कि शायद यह बेहतर होता अगर उसकी माँ आती, बेशक रोज नहीं, बल्कि सप्ताह में एक दिन ही आ जाती, शायद वह हर बात को उसकी बहन से कहीं बेहतर समझ सकती थी, क्योंकि अपनी पूरी हिम्मत के बावजूद बहन आख़िरकार अभी भी एक बच्ची ही थी और सच तो यह है की कोई वयस्क इंसान भी उस बोझिल काम को करके खुश नहीं होता जो वह कर रही थी।

ग्रेगर की अपनी माँ को देखने की इच्छा जल्द ही पूरी हो गई। अपने माता-पिता का ख़्याल रखते हुए, ग्रेगर दिन के दौरान खिड़की पर बाहर से दिखने से बचना चाहता था। कुछ वर्ग मीटर फर्श ही खाली होने के कारण उसे रेंगने के लिए ज़्यादा जगह नहीं मिलती थी, रात भर चुपचाप लेटे रहना कठिन था। उसके भोजन ने भी उसे कोई भी खुशी देना बंद कर दिया और इसलिए अपना मनोरंजन करने के लिए उसे दीवारों और छत पर रेंगने की आदत पड़ गई थी। उसे छत से लटकने का विशेष शौक था, क्योंकि यह फर्श पर लेटने से काफ़ी अलग था। इसमें वह ज़्यादा आजादी से सांस ले सकता था। उसका शरीर हल्का सा झूलने लगता और वहाँ, वह आराम से और लगभग खुश था। ऐसा हो सकता था कि वह छत से फर्श पर गिरकर ख़ुद को हैरान-परेशान कर दे, लेकिन अब, निःसंदेह, उसका अपने शरीर पर पहले की तुलना में कहीं बेहतर नियंत्रण था और इतनी ऊँचाई से गिरने के बावजूद उसने ख़ुद को कोई नुक़सान नहीं पहुँचने दिया। बहुत जल्द उसकी बहन ने ग्रेगर के मनोरंजन के नए तरीक़े पर ध्यान दिया - क्योंकि जब वह रेंगता था तो उसके पैरों के चिपकने वाले पदार्थ के निशान वहीं रह गए थे - इसलिए उसके मन में विचार आया कि फर्नीचर को हटाकर उसके लिए इसे जितना संभव हो उतनी जगह बनाई जाए। जो सामान उसके रास्ते में आता था, विशेषकर कपड़ों की अलमारी और मेज़। लेकिन यह कोई ऐसा काम नहीं थी जो वह अकेली कर पाती; उसमें अपने पिता से मदद माँगने की हिम्मत नहीं की; रसोइये के चले जाने के बाद सोलह वर्षीय नौकरानी हिम्मत से काम तो कर रही थी, लेकिन वह निश्चित रूप से इस काम में उसकी मदद नहीं करेगी, क्योंकि उसने

तो यहाँ तक माँग की थी कि उसे रसोई को हर समय बंद रखने की इजाज़त दी जाए और जब तक बहुत ज़रूरी न हो, दरवाज़ा न खोला जाए; इसलिए उसकी बहन के पास इस काम के लिए सही समय चुनने के अलावा कोई विकल्प नहीं था, जब ग्रेगर के पिता वहाँ नहीं थे तो उसने अपनी मदद के लिए अपनी माँ को बुला लिया। जैसे ही वह कमरे के पास पहुँची, ग्रेगर ने माँ को अपनी खुशी व्यक्त करते हुए सुना, लेकिन दरवाज़े पर पहुँचते ही वह चुप हो गई। सबसे पहले, निःसंदेह, उसकी बहन अंदर आई और चारों ओर देखा कि कमरे में सब कुछ ठीक था और तभी उसने अपनी माँ को अंदर आने दिया। ग्रेगर ने जल्दी से चादर को सोफ़े के नीचे खींच लिया था और उससे अपने आप को अच्छी तरह ढक लिया, ताकि सचमुच ऐसा लगे मानो चादर संयोग से नीचे गिर गयी हो। ग्रेगर ने भी इस बार भी चादर के नीचे से जासूसी करने से परहेज किया। उसने बाद में भी अपनी माँ को देखने का मौक़ा छोड़ दिया वह बस खुश था कि उसकी माँ आई थी। "आप अंदर आ सकते हैं, वह नहीं दिखेगा", उसकी बहन ने माँ का हाथ पकड़ कर अंदर ले जाते हुए साफ-साफ कहा। कपडों की अलमारी इतनी भारी थी कि दो कमज़ोर महिलाएँ उसका बोझ नहीं उठा सकती थीं, लेकिन ग्रेगर ने उसे अपनी जगह से हिलाते हुए सुना, उसकी बहन हमेशा सामान का सबसे भारी हिस्सा अपनी तरफ ले लेती थी और अपनी माँ की चेतावनियों को नज़र-अंदाज़ कर देती थी कि उसे मोच आ जाएगी। यह सब बहुत लंबा चला। पंद्रह मिनट या उससे अधिक समय तक उस पर मेहनत करने के बाद उसकी माँ ने कहा कि बेहतर होगा कि अलमारी को वहीं छोड़ दिया जाए, क्योंकि एक बात यह थी कि बहुत भारी थी और ग्रेगर के पिता के घर आने से पहले काम ख़त्म करना ज़रूरी था और अगर इसे कमरे के बीच में छोड़ दिया तो यह और ज़्यादा ग्रेगर के रास्ते में आ जाएगी, दूसरी बात, यह भी पक्का नहीं था कि फर्नीचर हटाने से सच में उसे कोई मदद मिलेगी। माँ ने ठीक इसके विपरीत सोचा। खाली दीवारों को देखकर उनका दिल दुखी हो गया और ग्रेगर को भी ऐसा क्यों नहीं लगेगा, वह लंबे समय से अपने कमरे में इस फर्नीचर का आदी था और इस तरह खाली कमरे में रहना उसे कितना बुरा महसूस कराएगा। फिर, चुपचाप, लगभग फुसफुसाते हुए जैसे कि वह चाहती थी कि ग्रेगर (जिसका ठिकाना वह नहीं जानती थी) उसकी आवाज़ का स्वर भी न सुने, क्योंकि माँ को यकीन था कि वह उसके शब्दों को नहीं समझता है, उन्होंने आगे कहा, "और फर्नीचर हटाकर क्या ऐसा नहीं लगेगा कि हम यह दिखा रहें हैं कि हमने सुधार की सारी उम्मीदें छोड़ दी हैं और हम उसे ख़ुद संघर्ष करने के लिए अकेला छोड़ रहें हैं? मुझे लगता है कि बेहतर होगा कि कमरे को

ठीक उसी तरह छोड़ दिया जाए जैसा वह पहले था, ताकि जब ग्रेगर दोबारा हमारे पास वापस आए तो उसे कोई बदलाव न मिले, सब कुछ वैसा ही मिले और तभी वह बीच के इस समय को भूल सकेगा।" अपनी माँ के ये शब्द सुनकर ग्रेगर को एहसास हुआ कि इन दो महीनों के दौरान परिवार के नीरस जीवन के साथ-साथ किसी भी इंसान के साथ प्रत्यक्ष बातचीत की कमी ने शायद उसे भ्रमित कर दिया होगा - वह ख़ुद को समझाने का कोई दूसरा तरीक़ा नहीं सोच सका कि क्यों वह गंभीरता से चाहता था कि उसका कमरा खाली हो जाए। क्या वह सचमुच अपने कमरे को एक गुफा में बदलना चाहता था, बढ़िया फर्नीचर से सुसज्जित, उस गर्म कमरे को जो उसे विरासत में मिला था? फर्नीचर हटाने से वह किसी भी दिशा में बिना किसी बाधा के रेंग सकता था। वह भूलने के बहुत करीब आ गया था की वह भी कभी इंसान था, लेकिन वह अपने उस अतीत को जल्दी से भूल न सका, केवल अपनी माँ की आवाज़ की वज़ह से, जो इतने लंबे समय से नहीं सुनी थी, जिसने उसे इससे बाहर निकाला था। कुछ भी हटाया नहीं जाना चाहिए, सब कुछ वहीं रहना था। फर्नीचर का उसकी हालत पर अच्छा प्रभाव पड़े बिना वह कुछ नहीं कर सकता था और अगर फर्नीचर के कारण उसके लिए बे रोक-टोक रेंगना मुश्किल हो गया तो यह नुक़सान नहीं, बल्कि एक बड़ा फायदा था।

दुर्भाग्य से, उसकी बहन इस बात से सहमत नहीं थी। उसने इस सोच को अपने दिमाग में बैठा लिया था की ग्रेगर ठीक नहीं होगा, ऐसा बिना कारण के नहीं था, दरअसल वह अपने माता-पिता के सामने उन चीज़ों के बारे में ग्रेगर की प्रवक्ता थी, जो ग्रेगर से संबंधित थीं यानि वह ग्रेगर और उसके माता-पिता के बीच मध्यस्थ बनने और उससे संबंधित मामलों को निपटाने की आदी हो गई थी। इसका मतलब यह था अब फर्नीचर हटाया जाए, पहले उसने सिर्फ़ अलमारी और डेस्क हटाने के लिए सोचा था, बल्कि अब सोफे के अलावा सभी फर्नीचर को भी हटाने पर जोर दिया गया था। निःसंदेह, यह बचकानापन था या हाल ही में मिले अप्रत्याशित आत्मविश्वास से कुछ ज़्यादा था, जिसने उसे जिद करने पर मजबूर किया। उसने वास्तव में देखा था कि ग्रेगर को रेंगने के लिए बहुत जगह की ज़रूरत थी, जबकि कोई भी देख सकता था कि फर्नीचर उसके बिल्कुल किसी काम का नहीं था। हालाँकि, उस उम्र की लड़कियाँ चीजों के प्रति उत्साही हो जाती हैं और महसूस करती हैं कि जब भी संभव हो उन्हें अपना रास्ता ख़ुद निकालना चाहिए। शायद इसी बात ने उसकी बहन को ग्रेगर की जो स्थिति थी उसे उससे भी अधिक चौंकाने वाली दिखाने के लिए प्रेरित किया, ताकि वह उसके लिए और भी ज़्यादा कर सके। उसकी

बहन शायद इकलौती ऐसी इंसान होंगी, जो खाली दीवारों पर रेंगते हुए ग्रेगर के अधिकार वाले कमरे में अकेले प्रवेश करने की हिम्मत करेंगी। इसलिए, उसने अपनी माँ को ना कहने से मना कर दिया। ग्रेगर की माँ पहले से ही उसके कमरे में असहज दिख रही थी, उन्होंने जल्द ही बोलना बंद कर दिया और ग्रेगर की बहन को अपनी ताकत से दराज के संदूक को बाहर निकालने में मदद की। अलमारी तो चलो, ऐसा सामान था जिसके बिना ग्रेगर चल सकता था, लेकिन राइटिंग डेस्क को तो जैसा रखा था वैसा ही रहने देना था।

दोनों ने कराहते हुए अलमारी को कमरे से बाहर धकेल दिया, जबकि ग्रेगर ने यह देखने के लिए सोफे के नीचे से अपना सिर बाहर निकाला कि वह इस बारे में क्या कर सकता है। वह यथासंभव सावधान और समझदारी से रहना चाहता था, लेकिन बदकिस्मती से उसकी माँ कमरे में पहले वापस आ गई, जबकि उसकी बहन अपनी बाहों और पूरे शरीर के जोर से अकेले ही अलमारी को एक तरफ से दूसरी तरफ धकेलती और खींचती हुई दूसरे कमरे ले जाने की कोशिश कर रही थी और निःसंदेह, उसे एक इंच आगे भी न बढ़ा सकी। उसकी माँ को ग्रेगर को देखने की आदत नहीं थी, तो हो सकता है कि वह बीमार हो जाती, इसलिए ग्रेगर तेजी से पीछे की ओर सोफे के दूर वाले छोर पर चला गया। हालाँकि, घबराहट में, वह सामने की बेड शीट को थोड़ा सा हिलने से नहीं रोक सका। यह उसकी माँ का ध्यान खींचने के लिए काफ़ी था। वह बिल्कुल शांत खड़ी रही, कुछ पल तक वहीं रुकी और फिर वापस अपनी बेटी के पास चली गई।

ग्रेगर ख़ुद को आश्वस्त करने की कोशिश करता रहा कि कुछ भी असामान्य नहीं हो रहा है, आख़िरकार यह फ़र्नीचर लकड़ी के कुछ टुकड़े ही थे जिन्हें हटाया जा रहा था, लेकिन उसे जल्द ही मानना पड़ा कि इन दोनों का आना-जाना, एक-दूसरे के साथ धीमी आवाज़ में बातचीत, फ़र्श पर फ़र्नीचर की खुरचन, इन सब बातों से उसे ऐसा महसूस हुआ था जैसे उस पर हर तरफ से हमला किया जा रहा हो। वह डर के मारे अपने सिर, पैरों और शरीर को मोड़कर छाती के सामने ले आया, उसे ख़ुद को यह स्वीकार करने के लिए मजबूर करना पड़ा कि वह यह सब अधिक समय तक बर्दाश्त नहीं कर सकता। वे उसका कमरा ख़ाली कर रहे थे; वह सब कुछ छीन लेना चाहते थे, जो उसे बहुत प्यारा था; उन्होंने पहले ही उसकी अलमारी निकाल दी था जिसमें उसकी लकड़ी का फ्रेम बनाने की आरी और दूसरे उपकरण थे; अब उन्होंने उस राइटिंग डेस्क को हटाने की धमकी दी, जो इस फर्श पर पता नहीं कब से था, वह डेस्क जिस पर उसने अपने स्कूल से लेकर हाई स्कूल में एक बिजनेस ट्रेनी के रूप में अपना होमवर्क किया था, वह यह देखने के लिए और इंतजार

नहीं कर सकता था कि इन दोनों माँ-बेटी के इरादे वास्तव में अच्छे थे या नहीं। वह लगभग भूल गया था कि वे अभी भी वहीं थीं, क्योंकि काम करते हुए वे बहुत थक गई थी और अब बातचीत करने की हालत में नहीं थी इसलिए वह सिर्फ़ उनके पैरों की आवाज़ सुन सकता था जब वे फर्श पर जोर से कदम रख रही थी।

इसलिए, जब वे दोनों दूसरे कमरे में डेस्क रख कर थकान के मारे तेज- तेज साँसें ले रही थीं तो ग्रेगर बाहर निकला, चार बार दिशा बदली कि न जाने उसे पहले कौनसा फ़र्नीचर बचाना चाहिए। इससे पहले उसका ध्यान अचानक दीवार पर लगी तस्वीर पर गया - जो पहले ही ख़राब हो चुकी थी, बहुत सारे फर पहने हुए उस महिला की तस्वीर। वह जल्दी से तस्वीर के पास गया और उस तस्वीर को बाँहों में भर लिया, अब निश्चित रूप से इसे उससे कोई नहीं छीन पाएगा। उसने अपना सिर लिविंग रूम के दरवाज़े की ओर कर लिया ताकि जब वे दोनों वापस आएँ तो वह उन्हें देख सके।

उन्होंने लंबे समय तक आराम नहीं किया और जल्द ही वापस आ गई; उसकी बहन ग्रेटे ने अपनी बाँहें माँ के चारों ओर गले में डाल रखी थी। "अब हम क्या लें जाएगे?" ग्रेटे ने कहा और चारों ओर देखा। उसकी आँखें दीवार से लगे ग्रेगर से मिलीं। उसकी माँ वहाँ थी, सिर्फ़ इसलिए शायद ग्रेटे शांत रही, उसने अपना चेहरा माँ की ओर कर लिया ताकि वह इधर-उधर न देखे और थोड़ा जल्दी और कांपती हुई आवाज़ में बोली, "चलो, हम कुछ देर के लिए लिविंग रूम में वापस चलें?" जबकि ग्रेगर समझ सकता था कि ग्रेटे के मन में क्या है, वह अपनी माँ को कहीं सुरक्षित स्थान पर ले जाना चाहती थी और फिर उसे दीवार से नीचे उतारना चाहती थी। खैर, वह तस्वीर नहीं छीनने देगा, अपनी इस बात पर वह अड़ा रहा, भले ही इसके लिए ग्रेटे के चेहरे पर कूदना पड़े।

लेकिन ग्रेटे के शब्दों ने उसकी माँ को काफ़ी चिंतित कर दिया था, क्योकि उसकी माँ ने वॉलपेपर के फूलों पर विशाल भूरे रंग का धब्बा देखा और उसे देख कर ग्रेगर को देखने का एहसास होने से पहले ही वह "हे भगवान, हे भगवान!" चिल्ला उठी और बाहें फैलाकर सोफे पर गिर गई जैसे उसने सब कुछ छोड़ दिया हो और वहीं पड़ी रह गई। "ग्रेगर!" उसकी बहन उसकी ओर घूरते और चिल्लाते हुए, इस परिवर्तन के बाद वह पहला शब्द था जो उसकी बहन ने सीधे उससे बोला था। वह अपनी माँ को होश में लाने के लिए किसी तरह की गंध लाने के लिए दूसरे कमरे में भागी। ग्रेगर भी मदद करना चाहता था - वह बाद में अपनी तस्वीर बचा सकता था, हालाँकि वह कांच से तेजी से चिपक गया था और उसे ख़ुद को जबरदस्ती खींचना पड़ा। फिर वह भी दूसरे कमरे में

भाग गया जैसे कि वह पुराने दिनों की तरह अपनी बहन को सलाह देने के लिए भागता था, लेकिन आज उसे बिना कुछ किए बस उसके पीछे खड़ा रहना पड़ रहा था। वह अलग-अलग बोतलों में देख रही थी और जब वह पीछे मुड़ी तो ग्रेगर को देखकर बुरी तरह चौंक गई कि इस चक्कर में एक बोतल उसके हाथ से ज़मीन पर छूटकर गिर गयी। उसकी एक छींट से ग्रेगर के चेहरे पर घाव बन गया, क्योंकि उसमें किसी प्रकार की कास्टिक दवा थी। अब, अब और देर किए बिना जितनी भी बोतलें वह ले जा सकती थीं, ग्रेटे ने उठा लीं और उन्हें लेकर अपनी माँ के पास भागी। उसने अपने पैर से दरवाज़ा बंद कर दिया। इसलिए अब ग्रेगर अपनी माँ से अलग हो गया था, जो उसके कारण मौत के नजदीक पहुँच सकती थी। वह अपनी बहन का पीछा करके उसको भगाना नहीं चाहता था, क्योंकि बहन बाहर चली जाती तो वह दरवाज़ा नहीं खोल सकता था और उसे उसकी माँ के साथ रहना पड़ता जबकि माँ को बहन की ज़रूरत थी।उसके पास इंतज़ार के अलावा करने को कुछ नहीं था, वह चिंता और आत्म-ग्लानि से परेशान होकर इधर-उधर दीवारों, फर्नीचर, छत, हर चीज पर रेंगने लगा और आख़िरकार वह ऐसी भ्रम की स्थिति में फंस गया, जैसे पूरा कमरा उसके चारों ओर घूमने लगा हो और देखते-देखते वह खाने की मेज पर बीचोंबीच गिर गया।

वह कुछ देर तक वहीं पड़ा रहा, सुन्न और गतिहीन, उसके चारों ओर शांति थी, शायद यह एक अच्छा संकेत था। तभी दरवाज़े पर कोई आय। बेशक, नौकरानी ने डरकर ख़ुद को रसोई में बंद कर लिया था, ताकि आने वाले को जवाब जाकर ग्रेटे को देना पड़े। उसके पिता घर आ गए थे। "क्या हुआ?" ये उनके पहले शब्द थे। दरअसल, ग्रेटे के चेहरे से उनके सामने सब कुछ स्पष्ट हो गया होगा। उसने दबी आवाज़ में अपने पिता को जवाब दिया और अपना चेहरा उनके सीने में गड़ा दिया: "माँ बेहोश हो गई है, लेकिन वह अब ठीक है। दरअसल, ग्रेगर बाहर निकल गया था।"

"मुझे यही उम्मीद थी" उसके पिता ने कहा, " मैंने तो हमेशा कहा था लेकिन तुम दोनों नहीं सुनोगी, है ना।" ग्रेगर के लिए यह साफ था कि ग्रेटे ने पूरी बात नहीं कही थी और उसके पिता ने इसका मतलब यह निकाला कि कुछ बुरा हुआ था और ग्रेगर कुछ हिंस करने के लिए ज़िम्मेदार था। इसका मतलब है कि ग्रेगर को अब अपने पिता को शांत करने की कोशिश करनी होगी, क्योंकि भले ही ग्रेगर के लिए उन्हें समझाना संभव हो, लेकिन उसके पास उन्हें समझाने का समय नहीं था। इसलिए, वह भागकर अपने कमरे के दरवाज़े के पास गया और ख़ुद को उससे सटा लिया ताकि जब उसके पिता हॉल से

अंदर आएँ तो तुरंत देख सकें कि ग्रेगर के इरादे नेक थे और वह बिना देर किए अपने कमरे में वापस चले जाए। उन्हें उसे वापस लेकर जाना नहीं पड़ेगा, बल्कि उन्हें सिर्फ़ कमरे का दरवाज़ा खोलना होगा और वह वहाँ से ओझल हो जाएगा।

हालाँकि, उनके पिता इस तरह की बारीकियों पर ध्यान देने के मूड में नहीं थे; "ओह!" वह अंदर आते ही ग्रेगर को देखकर चिल्लाये, ऐसा लग रहा था मानो वह एक ही साथ गुस्सा और खुश दोनों हो। ग्रेगर ने अपना सिर पिता को देखने के लिए उठाया। उसने वास्तव में अपने पिता की उस तरह कल्पना नहीं की थी जिस रूप में वह सामने खड़े थे; इधर-उधर रेंगने की अपनी नई आदत के कारण उसने कमरे की बाकी चीज़ों पर उस तरह ध्यान देना कम कर दिया था, जैसे वह पहले दिया करता था। वास्तव में, उसे उम्मीद कर लेनी चाहिए थी कि चीजें बदल जाएँगी, लेकिन फिर भी, क्या इतनी बदल जाएँगी! क्या वह सचमुच उसके ही पिता थे? जब ग्रेगर अपने काम-धंधे की यात्राओं से वापस आता था, तो वही आदमी, थका हुआ अपने बिस्तर पर लेटा हुआ मिलता था, जो आदमी शाम को वापस आने पर उसे नाइट्गाउन में आरागकुर्सी पर बैठा हुआ मिलता था; जो खड़ा भी मुश्किल से हो पाता था, लेकिन अपनी खुशी के संकेत के तौर पर बस अपनी बाहें ऊपर उठा लेता था और जब साल में दो-चार बार रविवार या किसी त्यौहार पर अवकाश के दिन ग्रेगर और उसकी माँ एक साथ टहलने जाया करते तो उसके पिता अपने शरीर पर ओवरकोट को कसकर लपेट लेते और उन दोनों के बीच चलते थे। जो हमेशा उनसे धीरे-धीरे चलता था और अगर कुछ कहना होता तो रुक जाता और अपने साथियों को पास इकट्ठा कर लेता था।

अब वही आदमी बिल्कुल सीधा खड़ा था; सुनहरे बटन वाली नीली वर्दी पहने, जैसी किसी बैंकिंग संस्थान के कर्मचारी पहनते हो; कोट के ऊँचे, कड़े कॉलर के ऊपर उसके पिता की मजबूत ठुड्डी दिख रही थी; घनी भौंहों के नीचे उनकी काली आँखें फ्रेश और सतर्क दिख रही थीं। उनके आमतौर पर बिखरे हुए सफ़ेद बाल आज सलीके से कंघी किये हुए थे। ऐसा लग रहा था की उन्होंने शायद किसी बैंक में नौकरी शुरू कर दी है जिसमे सुनहरे के मोनोग्राम की टोपी पहनी जाती है उन्होंने उस टोपी को कमरे के ठीक सामने सोफे पर फेंक दिया, अपने हाथ अपनी पैंट की जेब में डाल दिए और मजबूत कदमों के साथ ग्रेगर की ओर चल दिए। शायद उन्हें ख़ुद भी नहीं पता था कि उनके मन में क्या है, लेकिन फिर भी उन्होंने अपने पैर असामान्य रूप से ऊँचे उठाते हुए आगे बढ़े। ग्रेगर उनके जूतों के तलवों के विशाल आकार से हैरान था, लेकिन उसने इसमें समय बर्बाद नहीं किया

- वह अपने नए जीवन के पहले दिन से ही अच्छी तरह से जानता था कि उसके पिता ने उसके साथ हमेशा बेहद सख़्त रहना ज़रूरी समझा है और इसलिए, वह अपने पिता के पास से भागा गया, जब उसके पिता रुके तो रुक गया, जब वह थोड़ा सा भी आगे बढ़े तो वह फिर से तेजी से आगे बढ़ गया। इस तरह वे बिना किसी निर्णायक घटना के कई बार कमरे के चक्कर लगाते रहे, यहाँ तक कि पीछा करने का आभास भी नहीं हुआ, क्योंकि सब कुछ बहुत धीमी गति से चल रहा था। ग्रेगर पूरे समय फर्श पर ही पड़ा रेंगता रहा, क्योंकि उसे इस बात का डर था कि अगर वह दीवार या छत पर भाग गया तो उसके पिता इसे बात को उकसाने वाली बात मान सकते हैं। उससे जो कुछ भी हो सका उसे किया लेकिन अब ग्रेगर को यह स्वीकार करना पड़ा कि वह निश्चित रूप से लंबे समय तक इस भाग-दौड़ को जारी नहीं रख पाएगा, क्योंकि उसके पिता द्वारा उठाए गए हरेक कदम से बचने के लिए उसे अनगिनत गतिविधियाँ करनी पड़ रही थीं। उसे सांस लेने में काफ़ी कठिनाई हो गई, क्योंकि उसके पिछले जीवन में भी उसके फेफड़े बहुत अच्छी अवस्था में नहीं थे। अब, चूँकि वह दौड़ने के लिए अपनी सारी शक्ति जुटाने की कोशिश में इधर-उधर भटक रहा था, इसलिए वह मुश्किल से अपनी आँखें खुली रख पा रहा था। उसके सोचने- समझने की शक्ति इतनी मंद पैड गई थी की वह भागने के अलावा ख़ुद को बचाने का कोई अन्य तरीक़ा ही नहीं सोच पा रहा था। वह तो लगभग भूल ही गया था कि दीवारें भी उसके काम आ सकती थीं, हालाँकि वे दीवारें नक्क़ाशी और उभारों से भरे बारीक नक्क़ाशीदार फर्नीचर के पीछे छिपी हुई थीं - फिर, उसके ठीक बग़ल में, कुछ हल्के से उछाला गया जो नीचे गिरा और लुढ़कता हुआ उसके सामने आ गया। यह एक सेब था। तभी एक और तुरंत उस उसकी तरफ आया; ग्रेगर सदमे से वहीं जम गया। अब भागने का कोई मतलब नहीं था, क्योंकि उसके पिता ने उस पर बमबारी करने का फैसला कर लिया था। उन्होंने साइड बोर्ड पर रखे कटोरे के फलों से अपनी जेबें भर ली थीं और अब, सावधानीपूर्वक निशाना साधने में भी समय नहीं लगा रहे थे, बस एक के बाद एक सेब फेंकते जा रहे थे। ये छोटे, लाल सेब फर्श पर ऐसे लुढ़क कर एक दूसरे से टकरा रहे थे मानो उनमें बिजली की मोटरें लगी हों। धीरे से फेंका गया एक सेब ग्रेगर की पीठ से टकराया और बिना कोई नुक़सान पहुँचाए फिसल गया। लेकिन एक दूसरे सेब ने तुरंत उसका पीछा करते हुए जोरदार प्रहार किया और जैसे उसकी पीठ में जा घुसा। ग्रेगर ख़ुद को दूर करना चाहता था, लेकिन उसे ऐसा महसूस हुआ मानो उसे कीलों से ठोक दिया गया हो, उसकी सारी इंद्रियाँ जड़ हो गई थीं। आख़िरी चीज़ जो उसने देखी वह यह थी कि

उसके कमरे का दरवाज़ा खुला हुआ था, उसकी बहन चिल्ला रही थी, उसकी माँ ब्लाउज में उसके सामने से बाहर भागी थी (क्योंकि उसकी बहन ने बेहोश होने के बाद सांस लेने में आसानी के लिए उनके कुछ कपड़े उतार दिए थे), माँ उसके पिता की तरफ दौड़ी और स्कर्ट के कारण गिर गई फिर भी वह लड़खड़ाती हुई ख़ुद को धकेलते हुए उसके पिता के पास आई और उसके पिता से लिपट गई, माँ ने मेरे पिता को कसकर पकड़ा हुआ था और वह उनसे ग्रेगर की जान बख़्शाने की भीख माँग रही है- अब ग्रेगर ने कुछ भी और देखने की अपनी क्षमता खो दी थी।

किसी ने भी ग्रेगर के शरीर में फंसे सेब को निकालने की हिम्मत नहीं की, इसलिए वह उसकी चोट की याद या निशानी के रूप में वहीं रह गया। वहाँ उसे एक महीने से अधिक समय तक पीड़ा सहनी पड़ी थी और उसकी हालत इतनी गंभीर लग रही थी कि उसके पिता को भी याद आ गया कि ग्रेगर का रूप वर्तमान में कितना भी दुखद और विद्रोही क्यों न हो पर वह परिवार का एक सदस्य था, जिसके साथ दुश्मन जैसा व्यवहार नहीं किया जा सकता था। इसके विपरीत, एक परिवार के रूप में उनका कर्तव्य था कि वह किसी भी परेशानी का सामना करें और धैर्य रखे, बस धैर्य ही रखे।

पिता के द्वारा दी गई चोटों के कारण, ग्रेगर ने अपनी ज़्यादातर फुरती खो दी थी - शायद हमेशा के लिए। उसकी हालत एक लंबे समय से विकलांगता झेल रहे व्यक्ति की तरह कर दी गई थी और उसे रेंग कर अपना कमरा पार करने में ही कई मिनट लग जाते - छत पर रेंगने का तो सवाल ही नहीं था, लेकिन उसकी हालत में यह गिरावट पूरी तरह से (उसकी राय में) ठीक हो गई थी, क्योंकि अब हर शाम लिविंग रूम का दरवाज़ा खुला छोड़ दिया जाता है। उसे दरवाज़ा खोलने से पहले एक या दो घंटे तक इसे करीब से देखने की आदत हो गई और फिर, अपने कमरे के अंधेरे में लेटकर जहाँ से उसे लिविंग रूम से नहीं देखा जा सकता था, वह रात के खाने की मेज पर रोशनी में परिवार को देख सकता था। मेज पर बैठे हुए देखता और उनकी बातचीत सुनता—एक तरह से सबकी अनुमति से और पहले से बिल्कुल अलग।

निःसंदेह, वे अब पहले की तरह अच्छे से बातचीत नहीं करते थे, जिनके बारे में पहले ग्रेगर हमेशार उत्सुकता के साथ सोचता था, जब वह थक जाता था और किसी होटल के छोटे से कमरे में सीलन भरे बिस्तर पर लेटा होता था। वे सभी आजकल आमतौर पर बहुत शांत रहते थे। रात के खाने के तुरंत बाद, उसके पिता अपनी कुर्सी पर सोने चले जाते थे; उसकी माँ और बहन एक-दूसरे से चुप रहने का आग्रह करतीं। उसकी माँ, लैंप के नीचे झुककर, एक शॉप के लिए फैंसी अंडरगारमेंट्स सिलती थी। उसकी बहन ने सेल्स गर्ल की नौकरी करनी शुरू कर दी थी और शाम को वह शॉर्टहैंड और फ्रेंच जा कर सीखती थी ताकि आगे चलकर उसे एक नौकरी मिल सके। कभी-कभी उसके पिता जाग जाते थे और ग्रेगर की माँ से कहते, "तुम आज फिर से इतनी सिलाई कर रही हो!" मानो उन्हें पता ही नहीं था कि वह ऊँघ रहें है और फिर वह फिर सो जाते थे और माँ और

बहन आपस में थकी हुई मुस्कुराहट बिखेर कर बातें करती रहती थीं।

जिद के कारण ग्रेगर के पिता ने घर पर भी अपनी वर्दी न उतारने का फैसला कर रखा था, जबकि उनका नाइटगाउन खूंटी पर बिना इस्तेमाल किए लटका हुआ था। ग्रेगर के पिता पूरी तरह से तैयार होकर वहीं सो रहे थे, मानो हमेशा सर्विस के लिए तैयार हों और यहाँ भी अपने सुपीरियर की आवाज़ सुनने की उम्मीद कर रहे हों। शुरुआत से ही वह वर्दी पुरानी थी, ग्रेगर की माँ और बहन की देखभाल की लाख कोशिशों के बावजूद, दिन-रात पहनने से यह धीरे-धीरे और भी जर्जर हो गई। ग्रेगर अक्सर पूरी शाम इस कोट पर लगे सारे दाग देखते हुए बिताता था, इसके सुनहरे बटन हमेशा पॉलिशड और चमकदार रहते थे, जबकि इसमें यह बूढ़ा आदमी (ग्रेगर के पिता) बेहद असहज लेकिन शांति के साथ सोता था। जैसे ही दस बजते, ग्रेगर की माँ उसके पिता से धीरे से बोलकर उन्हें जगाती और उन्हें बिस्तर पर जाने के लिए मनाने की कोशिश करती, क्योंकि वह जहाँ होते, वहाँ ठीक से सो नहीं पाते थे और अगर उन्हें काम पर जाने के लिए छह बजे उठना है तो वास्तव में अपनी नींद पूरी करनी होगी। लेकिन जब से वह काम पर जाने लगे थे, वह ज़्यादा जिद्दी हो गए थे और हमेशा मेज पर अधिक समय तक बैठे रहने पर जोर देते थे, भले ही वह नियमित रूप से वहीं कुर्सी पर सो जाते और फिर उन्हें अपने बिस्तर पर लाने के लिए राजी करना पहले से कहीं ज़्यादा मुश्किल हो गया था। चाहे माँ और बहन उसे थोड़ी-सी डांट-फटकार और चेतावनी देकर कितना भी आग्रह करती, पर वह पौन घंटे तक आँखें बंद करके धीरे-धीरे सिर हिलाते रहते और उठने से इनकार करते रहते। ग्रेगर की माँ उनकी आस्तीन खींचती, उसके कान में फुसफुसाती, ग्रेगर की बहन अपनी माँ की मदद करने के लिए अपना काम छोड़ देती थी, लेकिन उन पर किसी भी चीज़ का कोई असर नहीं पड़ता था। वह बस अपनी कुर्सी में नींद के कारण और गहराई तक धँस जाते। जब माँ और बहन दोनों उन्हें बाहों में ले लेतीं, तो वह अचानक अपनी आँखें खोलते, एक के बाद एक उनकी ओर देखते और कहते कि "क्या ज़िन्दगी है! बुढ़ापे में मुझे यही शांति नसीब हुई है!" और उन दोनो के सहयोग से वह ख़ुद को सावधानी से उठाते थे जैसे कि वह ख़ुद सबसे बड़ा बोझ उठा रहे हो, वे दोनों उन्हें दरवाज़े तक ले जाती और बिस्तर पर लेटाकर वहाँ से निकलती और ख़ुद वापस आ जाती।

इस थके और व्यस्त परिवार में किसके पास ग्रेगर पर ज़्यादा ध्यान देने का समय था? घर खर्च चलने का बजट और भी कम हो गया था इसलिए अब नौकरानी को हटा दिया गया। एक बूढ़ी औरत रोज सुबह-शाम को कुछ मुश्किल काम करने के लिए आती

थी। सिलाई का इतना सारा काम करने के अलावा बाकी सभी चीज़ों की देखभाल ग्रेगर की माँ द्वारा की जाती थी। ग्रेगर को शाम की बातचीत सुनकर यह भी पता चला कि परिवार के कई आभूषण बिक चुके थे, उन्हें जिस कीमत की उम्मीद थी उतनी उन्हें नहीं मिली, भले ही माँ और बहन दोनों को खास मौकों और समारोहों में उन आभूषणों को पहनने का बहुत शौक था, लेकिन उनकी सबसे बड़ी परेशानी यह थी कि उनका फ्लैट चाहे वर्तमान परिस्थितियों के लिए बहुत बड़ा था, लेकिन फिर भी वे इसे छोड़ कर कहीं और शिफ्ट नहीं हो सकते थे, ग्रेगर को किसी नयी जगह ले जाने का कोई काल्पनिक तरीक़ा भी नहीं था। हालाँकि, वह अच्छी तरह से देख सकता था कि उसके लिए सोचने करने के अलावा और भी कारण थे, जिससे उनके लिए फ्लैट छोड़ना मुश्किल था, उसे तो किसी भी छोटे से छेदों वाले हवादार टोकरे में ले जाना काफ़ी आसान होता; किन्तु परिवार को उनके किसी नयी जगह जाने के निर्णय से रोकने वाली मुख्य बात उनकी निराशा थी और यह विचार कि उन पर दुर्भाग्य का पहाड़ आ गिरा है, जो भी हो रहा है वह आज तक उनके किसी संबंधी या जान-पहचान वाले के साथ नहीं हुआ। अब यह हालत है की वे दुनियाभर के गरीबों की ज़रूरतें पूरी करने लगे। उसके पिता बैंक के गरीब क्लर्क्स के लिए रोजाना नाश्ता लेकर जाने लगे थे। उसकी माँ ने अपनी ऊर्जा अजनबियों और ज़रूरतमंदों के लिए अंडरगार्मेंस सिलने में लगा दी। बहन दिनभर काउंटर और ग्राहकों के बीच इधर-उधर भाग-दौड़ करती रहती। पर फिर भी हालात में सुधार नहीं आया। ग्रेगर की पीठ का घाव उसे नए सिरे से सताने लगा, जब उसके पिता के सो जाने के बाद उसकी माँ और बहन वापिस आई, अपना काम यूं ही छोड़कर वह एक दूसरे पास बैठ गईं। उसकी माँ ने ग्रेगर के कमरे की ओर इशारा किया और कहा, "उस दरवाज़े को बंद करो, ग्रेटे", और वह फिर से अंधेरे में अकेला छोड़ दिया गया, जबकि पास वाले कमरे में बैठी उन दोनों के आँसू बहते जाते, या वे कभी बस वहीं बैठी खोई हुई आँखों से - मेज की ओर देखती रहीं।

ग्रेगर रात हो या दिन, मुश्किल से ही सोता था। कभी-कभी वह सोचता कि अगली बार दरवाज़ा खुलने पर वह पहले की तरह ही परिवार के मामलों को अपने हाथ में ले लेगा, लेकिन इसके बारे में सोचकर बैचेन हो उठता। वह लंबे समय से अपने बॉस और हेड क्लर्क के बारे में तो भूल ही गया था, लेकिन वे फिर से उसके विचारों में दिखाई देने लगे थे, वह सेल्समैन और एक प्रशिक्षु, वह बेवकूफ़ चाय वाला, दूसरे बिज़नेस से जुड़े दो या तीन दोस्त, उस लोकल होटल की चैंबर परिचारिकाओं में से एक की कोमल, प्यारी सी याद जो प्रकट हुई और फिर से गायब हो गई, एक टोपी की दुकान का कैशियर जो अपने

काम के लिए गंभीर था, लेकिन बहुत धीमा था-अजनबियों और दूसरे भूले-बिसरे से लोगों के साथ मिले-जुले रूप में वे सभी उसे दिखाई दिए, लेकिन उसकी और उसके परिवार की मदद करने के लिए वे सभी पहुँच के बाहर थे और जब उनकी याद गायब हुई तो उसे खुशी हुई। बाकी दूसरे समय में वह अपने परिवार की देखभाल करने के मूड में बिल्कुल भी नहीं था, जिस तरह वे उसकी उपेक्षा कर रहे थे, उसे लेकर वह थोड़ा गुस्से से भर गया था और हालाँकि जो वह चाहता था, वैसा कुछ भी नहीं सोच पाता था। फिर भी वह योजना बनाता कि वह कैसे रसोई में जा सकता है और वहाँ से खाने की वो सारी चीजें ले सकता है, जिनका वह हकदार था, भले ही वह भूखा न हो। ग्रेगर की बहन अब इस बारे में नहीं सोचती थी कि वह उसे कैसे खुश कर सकती है, लेकिन वह काम पर जाने से पहले सुबह और दोपहर में जल्दी से अपने पैर से कुछ न कुछ खाना उसके कमरे में सरका देती थी और शाम को वह उसे झाड़ू से फिर से साफ कर देती थी। इस बात से बेपरवाह कि उसने चखा भी था या नहीं - अक्सर खान खाया नहीं होता था- पूरी तरह से अछूता छोड़ दिया गया होता था। उसके कमरे की सफ़ाई आजकल वह शाम को करने लगी थी, लेकिन अब यह काम जल्दबाजी में नहीं हो सकता था। दीवारों पर गंदगी की लकीरें, इधर-उधर धूल और गंदगी के छोटे-छोटे धब्बे पड़ गए थे। पहले तो जब उसकी बहन आती थी तो ग्रेगर विशेष रूप से गंदे कोनों में चला जाता था ताकि सफाई अच्छे से हो सके, लेकिन अब वहाँ हफ्तों तक भी कोई सफाई नहीं की जाती थी। वह भी उस गंदगी को उतनी ही अच्छी तरह से देख सकती थी, जितना वह देख सकता था लेकिन अब ग्रेगर की बहन ने बस उसे उसके हाल पर छोड़ने का फैसला कर लिया था। साथ ही, वह अब तुनकमिजाज हो गई थी, जिसका असर किसी न किसी तरह से पूरे परिवार को संक्रमित कर रहा था - वह यह मान बैठी थी कि ग्रेगर के कमरे की सफ़ाई का काम सिर्फ़ वही कर सकती है। ग्रेगर की माँ ने एक बार उसके कमरे को अच्छी तरह से साफ किया था और सफाई करने के लिए उन्हें कई बाल्टी पानी का उपयोग करना पड़ा था - हालाँकि इतनी ज़्यादा नमी ने ग्रेगर को बीमार भी कर दिया था और वह उदास और गुमसुम सोफ़े पर पड़ा रहा था, लेकिन उसकी माँ को अपने किए के लिए खूब सुनने को भी मिला था, क्योंकि जब उसकी बहन शाम को घर पहुँची और उसने ग्रेगर के कमरे में बदलाव देखा तो वह गुस्से से माँ पर फट पड़ी और वापस लिविंग रूम में भाग गई। जहाँ अपनी माँ के लाख मिन्नतें और हाथ जोड़ने के बावजूद उसके आंसुओं का सैलाब उमड़ पड़ा। उसके पिता, एकदम चौंक कर अपनी कुर्सी से उठ गए थे और तब माता-पिता दोनों ही बहुत

हैरान और असहाय दिखे। तब ग्रेगर के पिता भी गुस्से से भड़क गए और उन पर ग्रेगर के कमरे की सफ़ाई उसकी बहन को न करने देने का आरोप लगाने लगे, जबकि उनके बायीं ओर खड़ी ग्रेगर की बहन उन पर चिल्लाई कि उन्हें फिर कभी ग्रेगर का कमरा कभी साफ नहीं करना है। उसकी माँ अपने पास ही खड़े उसके गुस्साए पिता को बेडरूम में खींचने की कोशिश करने लगी; लेकिन उसकी बहन रोती रहीं, ग्रेगर गुस्से में चिल्लाया कि किसी ने भी उसे इस दृश्य और इसके शोर से बचाने के लिए दरवाज़ा बंद करने के बारे में क्यों नहीं सोचा था।

ग्रेगर की बहन को लगा की भले ही वह काम पर जाने से थक जाती है और पहले की तरह ग्रेगर की देखभाल करना उसके लिए संभव नहीं हैं, लेकिन फिर भी उसकी माँ को उसकी जगह नहीं लेनी चाहिए थी। दूसरी ओर, ग्रेगर की उपेक्षा भी नहीं की जानी चाहिए। हालाँकि, अब सफाई करने वाली बाई रख ली थी। यह एक मजबूत शारीरिक संरचना वाली, बुजुर्ग विधवा औरत थी। इसी शारीरिक ताकत की बदौलत ही वह अपने लंबे जीवन में बहुत मुश्किलों का सामना करने में सक्षम बनी थी। जिसे वास्तव में ग्रेगर भी मान गया था। एक दिन, किसी कौतूहल के कारण नही, बस संयोगवश ही उसने ग्रेगर के कमरे का दरवाज़ा खोला और खुद को उसके आमने-सामने पाया। ग्रेगर पूरी तरह से भौचक्का रह गया कि कोई भी उसका पीछा नहीं कर रहा था, लेकिन वह इधर-उधर भागने लगा, जबकि वह हैरान होकर उसके सामने हाथ जोड़कर खड़ी रही। तब से, वह हर शाम और सुबह दरवाज़ा थोड़ा-सा खोलकर उसे देखने से कभी नहीं चूकती थी। देखते ही पहले, वह उसे ऐसे शब्दों के साथ बुलाती थी, जिन्हें वह शायद दोस्ताना मानती थी, जैसे "चलो, बूढ़े बीटल!", या "उधर देखो बीटल!" ग्रेगर ने उस तरह से बात किए जाने पर कभी भी कोई प्रतिक्रिया नहीं दी, बल्कि बिना हिले-डुले वहीं खड़ा रहा, जैसे कि दरवाज़ा कभी खोला ही न गया हो। काश, उसने इस नौकरानी से कहा होता कि जब भी उसका मन हो, उसे बिना किसी कारण के उसे परेशान करने देने के बजाय हर दिन उसका कमरा साफ कर दिया करे! एक दिन, सुबह-सुबह बारिश की तेज़ बौछारें खिड़की के शीशों से टकरा रही थी, जो शायद यह संकेत दे रही थी कि वसंत आ रहा है, वह एक बार फिर उसी तरह उससे बात करने लगी। ग्रेगर को इससे इतनी नाराजगी हुई कि वह उसकी ओर बढ़ने लगा, वह धीमा और कमजोर था, लेकिन यह एक तरह के हमले की तरह था। नौकरानी ने डरने के बजाय, दरवाज़े के पास से एक कुर्सी उठाई और वहीं खड़ी रही, उसका इरादा साफ था कि वह तब कुर्सी नीचे नहीं करेगी, जब तक ग्रेगर को मार न दें। "

तुम ज़्यादा ही नजदीक नहीं आ रहे हों?", नौकरानी ने पूछा और जब ग्रेगर मुड़ गया, उसने भी शांति से कुर्सी वापस कोने में रख दी।

ग्रेगर ने खाना, खाना लगभग पूरी तरह बंद कर दिया था। अगर वह उस खाने के नजदीक जाता भी, तो सिर्फ़ उसके साथ खेलने के लिए। उसे कुछ घंटों के लिए वहीं छोड़ देता, पर कई बार उसमें से थोड़ा-सा खा भी लेता, लेकिन तुरंत उसे थूक देता था। पहले-पहल, उसने सोचा कि वह अपने कमरे की स्थिति से परेशान है इसलिए खाना नहीं खा पा रहा है, लेकिन जल्द ही उसे वहाँ किए गए बदलावों की आदत हो गई थी। उसे इस कमरे में ऐसी चीजें रख जाने की आदत हो गई थी, जिन्हें रखने के लिए उनके पास कहीं और जगह नहीं थी और अब ऐसी कई चीजें थीं, क्योंकि फ्लैट के एक कमरे को तीन लोगों को किराए पर दे दिया गया था। ये तीनों ईमानदार जेन्टलमैन थे - जिन की दाढ़ी बढ़ी हुई थी, जो ग्रेगर ने एक दिन दरवाज़े की दरार से झाँक कर पता लगाया था - वे चीजों को साफ-सुथरा रखने पर बहुत जोर देते थे। चूँकि उन्होंने इस मकान में एक कमरा लिया था तो सफ़ाई से उनका मतलब न केवल उनके अपने कमरे रो बल्कि पूरे फ्लैट को साफ रखने से था और विशेष रूप से रसोई को। अपनी जगह पर न रखी हुई चीजों को वे बर्दाश्त नहीं कर सकते थे, खासकर अगर वहाँ गंदगी हो। इसके अलावा वे अपना अधिकांश साज-सामान और उपकरण भी अपने साथ लाए थे। इस कारण घर की कई चीज़ें फ़ालतू हो गई थीं, जिन्हें बेचा तो नहीं जा सकता था, फिर भी घरवाले उन्हें छोड़ना नहीं चाहते थे। ये सभी चीजें ग्रेगर के कमरे में पहुँच गईं। रसोई के कूड़ेदानों ने भी वहाँ अपना रास्ता बना लिया था। नौकरानी हमेशा जल्दी में रहती थी और जो कुछ भी वह उस समय उपयोग नहीं कर पाती थी वह बस वहीं डाल जाती थी। किस्मत से वह आमतौर पर उस सामान और उसे थामने वाले हाथ से ज़्यादा कुछ नहीं देख पाता। महिला का इरादा शायद यह होता होगा कि जब उसके पास समय और मौक़ा होगा तो फिर से सामान वापस ले जाएगी इसलिए वह सब कुछ यूं ही फेंक जाती थी।

लेकिन वास्तव में हुआ क्या कि वे चीज़ें वहीं रह गई थी, जहाँ वे उन्हें पहली बार फेंका गई थी, जब तक कि ग्रेगर ने कबाड़ के माध्यम से अपना रास्ता नहीं बनाया और इसे कहीं और नहीं ले गया। सबसे पहले, वह इन्हे दूसरी जगह इसलिए ले गया, क्योंकि कोई ऐसी खाली जगह नहीं बची थी जहाँ वह रेंग सकता था तो उसे ऐसा करने के लिए मजबूर होना पड़ा, लेकिन बाद में वह इसका आनंद लेने लगा, हालाँकि इस तरह से चक्कर काटने से वह दुखी और थककर मरने जैसी हालत में पहुच गया था इसलिए घंटों तक

बिना हिले - डुले वहीं पड़ा रहा।

जिन लोगों ने कमरा किराए पर लिया था, वे कभी-कभी अपना शाम का भोजन घर के लिविंग रूम में करते थे, जिसका उपयोग घरवाले भी करते थे, इसलिए शाम को इस कमरे का दरवाज़ा अक्सर बंद रखा जाता था। लेकिन अब ग्रेगर ने दरवाज़ा खुला रखने की बात आसानी से छोड़ दी थी, क्योंकि दरवाज़ा खुला होने पर भी वह अक्सर इसका उपयोग करने में नाकाम रहता था और परिवार के इस बात पर कोई ध्यान दिए बिना, वह अपने कमरे के सबसे अंधेरे कोने में लेटा रहता था। हालाँकि, एक बार नौकरानी ने लिविंग रूम का दरवाज़ा थोड़ा खुला छोड़ दिया था। जब शाम को कमरा किराए पर लेने वाले किराएदार आए और लाइट जलाई गई, तब भी वह खुला ही रहा था। वे उस मेज पर बैठ गए जहाँ ग्रेगर ने पहले अपने पिता और माँ के साथ खाना खाया करता था, उन्होंने सेवियाँ परोसी और अपने चाकू और कांटे उठा लिए। ग्रेगर की माँ मीट का एक बर्तन लेकर तुरंत दरवाज़े पर आ गई और उसके तुरंत बाद उसकी बहन ढेर सारे आलू से बना एक पकवान लेकर आई। खाना गर्म होने के कारण उसमें से भाप निकल रही थी और कमरा उसकी खुशबू से भर गया था। जेन्टलमैन अपने सामने रखे खाने के बर्तनों पर इस तरह झुके मानो वे शुरू से पहले खाने को चैक करना चाहते हों। बीच में बैठे जेन्टलमैन को जैसे बाकी दोनों के खाने की ऑथोरिटी भी दे दी गई हो, उसने मीट के बर्तन में से ही एक टुकड़ा काटकर देखा, वह साफ-साफ यह जताना चाह रहा था कि अगर यह पर्याप्त रूप से पकाया गया था तो ठीक वर्ना इसे वापस रसोई में भेजा जाना चाहिए। यह उसकी संतुष्टि के लिए था और ग्रेगर की माँ और बहन, जो उत्सुकता से साँस रोक कर देख रही थीं, वे फिर से साँस लेने लगीं और मुस्कुराने लगीं।

परिवार ने ख़ुद रसोई में खाना खाया। बहरहाल, ग्रेगर के पिता रसोई में जाने से पहले लिविंग रूम में आए। हाथ में टोपी लेकर एक बार झुके और मेज के चारों ओर घूमे। जेन्टलमैन एक साथ खड़े हो गए और कुछ बुदबुदाने लगे। फिर, जब वे अकेले थे तो उन्होंने बिल्कुल शांति से खाना खाया। ग्रेगर को उनके दांतों से खाना चबाने की विभिन्न आवाज़ें बड़ी अनूठी लगीं, जिन्हें अभी भी सुना जा सकता था, मानो वे ग्रेगर को दिखाना चाहते थे कि खाने के लिए आपको दांतों की ज़रूरत होती है और बिना दांतों वाले जबड़ों का कोई फायदा नहीं है, भले ही वे कितने भी अच्छे क्यों न हों। "मैं भी कुछ खाऊँगा", ग्रेगर ने बैचेनी से कहा, "लेकिन मैं ऐसा कुछ नहीं खा सकता जैसा वे खा रहें हैं। वे अपना पेट भर रहें हैं और मैं यहाँ मर रहा हूँ!"

इस पूरे समय में, ग्रेगर को वायलिन बजते हुए सुनने की याद ही नहीं थी, लेकिन आज शाम को रसोई से इसकी आवाज़ सुनाई देने लगी। तीनों जेन्टलमैन पहले ही अपना खाना खत्म कर चुके थे, बीच वाले ने एक समाचार पत्र उठाया और हरेक को एक-एक पेज दिया। अब वे अपनी कुर्सियों पर पीछे झुककर उन्हें पढ़ते हुए स्मोकिंग कर रहे थे। जब वायलिन बजने लगा, तो वे एकदम सावधान हो गए और खड़े होकर दबे पाँव दालान के दरवाज़े पर चले गए, जहाँ वे एक-दूसरे से सटकर खड़े हो गए थे। किसी ने रसोई में उन्हें आते सुना होगा, तभी शायद ग्रेगर के पिता ने कहा था: "वायलिन बजाना शायद उन लोगों को अच्छा नहीं लगता है? हम इसे अभी बंद कर देते हैं।" लेकिन उसी बीच वाले जेन्टलमैन ने कहा, "ठीक इसके उल्टा, क्या यह लड़की उस कमरे में आकर हमारे लिए बजाना नहीं चाहेगी, वह कमरा ज़्यादा गर्म और आरामदायक है?" "ओह हाँ, हमें अच्छा लगेगा", ग्रेगर के पिता ने ऐसे उत्साहित होकर कहा मानो वह ख़ुद वायलिन बजा रहे हो। जेन्टलमैन वापस कमरे में चले गए और इंतजार करने लगे। जल्द ही ग्रेगर के पिता म्यूजिक स्टैंड के साथ, उनकी गाँ म्यूजिक शीट और उनकी बहन वायलिन के साथ आती दिखाई दीं। उसने बजाना शुरू करने के लिए शांति से सब कुछ तैयार किया। उसके माता-पिता, जिन्होंने पहले कभी कोई कमरा किराये पर नहीं दिया था, इसलिए उन तीनों लोगों के प्रति उन्होंने हद से ज़्यादा शिष्टाचार दिखाया, उनकी अपनी कुर्सियों पर बैठने की भी हिम्मत नहीं हुई। उसके पिता अपनी वर्दी वाले कोट के दो बटनों के बीच अपना दाहिना हाथ डालकर दरवाज़े के सामने झुक गए। हालाँकि, उनकी माँ को एक जेन्टलमैन ने सीट की पेशकश की, लेकिन उसने उस कुर्सी को वहीं छोड़ दिया, जहाँ जेन्टलमैन ने रखी थी और जाकर एक कोने में बैठ गई। उसकी बहन वायलिन बजाने लगी। अपनी बहन के सुरों से आकर्षित होकर ग्रेगर ने थोड़ा आगे आने की हिम्मत की, वैसे उसका सिर पहले से ही लिविंग रूम में था। पहले उसे इस बात पर बहुत गर्व था कि वह कितना सोचता है, लेकिन अब उसे इस बात का बिल्कुल एहसास भी नहीं हुआ कि वह दूसरों को लेकर कितना बेलिहाज हो गया है। अब ख़ुद को छुपाए रखने का इससे ज़्यादा बड़ा कारण और क्या होगा, क्योंकि वह अपने कमरे में हर जगह फैली धूल में ढका हुआ था जो थोड़ी सी हलचल पर उड़ जाती थी। उसकी पीठ और बाजू धागों, बाल और बचे-खुचे खाने से सने थे, अब वह हर चीज़ के प्रति इतना उदासीन हो गया था कि वह अपनी पीठ के बल लेट जाता था और कालीन पर अपने आप को पोंछता रहता था, ऐसा वह दिन में कई बार करता था। अपनी इस हालत के बावजूद उसे लिविंग रूम के बेदाग फर्श पर थोड़ा आगे

बढ़ने में कोई शर्म नहीं आ रही थी।

हालाँकि, किसी ने उस पर ध्यान नहीं दिया। परिवार वायलिन सुनने में पूरी तरह खोया हुआ था। फिर, तीनों लोगों ने अपनी जेबों में हाथ डाला और बजाए जा रहे सभी सुरों को देखने के लिए संगीत स्टैंड के बहुत करीब आ गए थे, शायद उन्होंने ग्रेगर की बहन को डिस्टर्ब किया होगा, लेकिन जल्द ही, वे अपने सिर झुकाए हुए वापस खिड़की की ओर चले गए और मंद आवाज़ में एक-दूसरे से बात करने लगे। वे वहीं खिड़की के पास रुके रहे जबकि ग्रेगर के पिता उन्हें बैचेनी से देख रहे थे। अब सचमुच यह बहुत साफ नज़र आ रहा था कि उन्हें कुछ सुंदर या मनोरंजक वायलिन सुनने की उम्मीद थी, लेकिन उन्हें निराशा हुई क्योंकि उनके हिसाब से तो परफॉर्मेंस बहुत हो चुकी थी और अब यह केवल शिष्टाचार के कारण ही था कि वे लोग अपनी शांति भंग होने दे रहे थे। जिस तरह से उन सभी ने अपनी सिगरेट का धुआं अपने मुंह और नाक से ऊपर की ओर उड़ाया, वह खासतौर पर परेशान करने वाला था। फिर भी ग्रेगर की बहन बहुत सुंदर बजा रही थी। उसका चेहरा एक ओर झुका हुआ था और वह सावधान व उदास भाव से म्यूजिक की पंक्तियों का अनुसरण कर रही थी। ग्रेगर थोड़ा और आगे रेंगा, अपना सिर ज़मीन से सटाया ताकि अगर मौक़ा मिले तो वह अपनी बहन से नज़रें मिला सके। यदि संगीत उसे इतना मोहित कर सकता है तो वह जानवर कैसे हो सकता था? उसे ऐसा लग रहा था जैसे उसे उस अनजान खाने का रास्ता दिखाया जा रहा है, जिसके लिए वह तरस रहा था। वह अपनी बहन के पास आगे बढ़ने और उसकी स्कर्ट खींचकर यह दिखाने के लिए दृढ़ था कि वह अपना वायलिन लेकर उसके कमरे में आ सकती है, क्योंकि यहाँ किसी ने भी उसके म्यूजिक की उतनी तारीफ नहीं की जितनी वह करेगा। वह अपने जीते-जी कभी उसे अपने कमरे से बाहर नहीं जाने देना चाहेगा। जो भी हो, उसकी हैरत में डालने वाली मौजूदगी एक बार के लिए तो उसके कुछ काम आनी ही चाहिए। वह चाहता था कि वह अभी अपने कमरे के हर दरवाज़े पर जाकर खड़ा हो जाये और हमलावरों पर फुफकारे। वैसे, वह अपनी बहन को अपने साथ रहने के लिए मजबूर नहीं करेगा, बल्कि उसे अपनी मर्जी से रहना चाहिए। पहले भी तो वह सोफे पर उसके पास बैठी रहती थी, जब वह उसे बताता था कि कैसे वह हमेशा उसे कंजर्वेटरी में भेजने का सोच रहा हैं। क्या उसने पिछले क्रिसमस पर सबको इस बारे में कैसे बताया होगा - क्या क्रिसमस वास्तव में आया था और चला गया था? - अगर यह दुर्भाग्य रास्ते में नहीं आया होता तो आज स्थिति और होती। ग्रेगर को लगा जैसे यह सब सुनकर उसकी बहन भावुक होकर रोने लगेगी और वह उसके

कंधे पर चढ़कर उसकी गर्दन को चूम लेगा, जो काम पर जाने के बाद से बिना किसी हार के सुनी है।

"मिस्टर सैम्सा!" बीच वाले जेन्टलमैन ने ग्रेगर के पिता की ओर देखकर चिल्लाते हुए और बिना कोई शब्द बर्बाद किए, अपनी ऊँगली से ग्रेगर की ओर इशारा किया और धीरे-धीरे आगे बढ़े। वायलिन शांत हो गया, तीनों लोगों में से बीच वाला पहले अपने दो दोस्तों को देखकर मुस्कुराया, अपना सिर हिलाया और फिर ग्रेगर की ओर देखा। उनके पिता ने सोचा कि ग्रेगर को बाहर निकालने से पहले तीनों जेन्टलमैन को शांत करना ज़्यादा ज़रूरी है, हालाँकि वे बिल्कुल भी परेशान नहीं थे और उन्हें शायद वायलिन बजाने की तुलना में ग्रेगर अधिक मनोरंजक लगा था। उसके पिता अपनी बाहें फैलाकर उनके पास पहुँचे और उन्हें वापस अपने कमरे में ले जाने की कोशिश करने लगे, साथ ही अपने शरीर को इस तरह ग्रेगर के आगे कर दिया कि वह उनको दिखाई न दे। अब वे थोड़े नाराज़ हो गए थे, पर यह स्पष्ट नहीं हुआ कि क्या उसके पिता के बचकाने व्यवहार ने उन्हें नाराज़ किया था या उस अहसास ने कि उनके बिना जाने-समझे पास वाले कमरे में ग्रेगर जैसा पड़ोसी रह रहा था। उन्होंने ग्रेगर के पिता से स्पष्टीकरण माँगा और धीरे-धीरे अपने कमरे की ओर वापस चल दिए। इस बीच ग्रेगर की बहन उस निराशा से उबर चुकी थी जिसमें वह तब डूबी थी जब उसका वायलिन बजाना अचानक डिस्टर्ब हो गया था। उसने अपने हाथ हटा लिए थे, लेकिन म्यूज़िक को ऐसे देखती रही जैसे वह अभी भी बज रहा हो। फिर, उसने अचानक ख़ुद को संभाला, वाद्य यंत्र को अपनी माँ की गोद में रख दिया जो अभी भी सांस लेने के लिए संघर्ष कर रही थी। बहन जहाँ थी, वहाँ से दूसरे कमरे में भाग गई, जिस कमरे की तरफ उसके पिता के दबाव में वे तीनों जेन्टलमैन और तेजी से आगे बढ़ रहे थे। उसकी बहन के अनुभवी हाथों से बिस्तरों पर तकिए और कवर उलट-पलट हुए और उन्हें व्यवस्थित कर दिया गया। तीनों जेन्टलमैन के कमरे में पहुँचने से पहले ही वह बिस्तर लगा चुकी थी और फिर से बाहर निकल गई। ग्रेगर के पिता जो कुछ कर रहे थे उसके प्रति इतने जुनूनी लग रहे थे कि वह अपने किरायेदारों के प्रति अपना सारा सम्मान भूल गए। तीन जेन्टलमैन में से बीच वाला जेन्टलमैन गरजता सा चिल्लाया और जोर से अपना पैर पटक कर ग्रेगर के पिता को बोला। "मैं यहीं और अभी घोषणा करता हूँ", उसने अपना हाथ उठाकर ग्रेगर की माँ और बहन का ध्यान खींचने के लिए उनकी ओर देखते हुए कहा, "कि इस फ्लैट में और इस परिवार के साथ रहते हुए" - यहाँ उन्होंने संक्षेप में लेकिन निर्णायक रूप से फर्श पर देखते हुए- "मैं अपने कमरे के संबंध में

आपको अभी बता देता हूँ कि जितने दिनों से मैं यहाँ रह रहा हूँ, उसके लिए मैं आपको एक फूटी कौड़ी भी नहीं दूंगा, उल्टा मुझे इस बात पर सोच-विचार करना होगा कि आपसे क्षतिपूर्ति के लिए किसी प्रकार कार्रवाई आगे बढ़ाई जाए और मेरा विश्वास करो कि ऐसी कार्रवाई के लिए आधार तय करना बहुत आसान होगा।" वह चुप था और सीधे सामने की ओर देख रहा था मानो किसी चीज़ का इंतज़ार कर रहा हो। फिर, उसके दो दोस्त भी उसका साथ देने लगे: "और हम भी तत्काल नोटिस देते हैं।" इसके साथ ही उसने दरवाज़े का हैंडल पकड़कर दरवाज़ा बंद कर दिया।

ग्रेगर के पिता अपने हाथों से रास्ता महसूस करते हुए लड़खड़ाते हुए अपनी सीट पर वापस आए और उस पर बैठ गए। ऐसा लग रहा था जैसे वह अपनी रोज़ शाम की झपकी के लिए ठीक से बैठ रहें हों, लेकिन जिस तरह उनका सिर हिल रहा था, इससे यह अंदाज़ा लगाया जा सकता था कि वह बिल्कुल भी नहीं सो रहे थे। इस सब के दौरान, ग्रेगर वहीं लेटा रहा जहाँ उन तीन जेन्टलमैन ने उसे पहली बार देखा था। अपनी योजना की विफलता से निराशा के कारण और शायद भूख से कमज़ोरी के कारण भी उसके लिए हिलना-डुलना असंभव हो गया। उसे यकीन था कि कोई भी, किसी भी पल उस पर हमला कर देगा और उसने इंतजार किया। वह इस स्थिति से तब भी नहीं चौंका था जब उसकी माँ की गोद में रखा वायलिन उसकी कांपती उंगलियों से फिसलकर जोर से फर्श पर जा गिरा।

“पिताजी, माँ”, उसकी बहन ने मेज पर अपना हाथ मारते हुए हुए कहा, “हम इस तरह आगे नहीं बढ़ सकते। शायद आपको नहीं दिख रहा, लेकिन मैं देख सकती हूँ। मैं इस राक्षस को अपना भाई नहीं कहना चाहती, मैं बस इतना कह सकती हूँ कि हमें कैसे भी कोशिश करके इससे छुटकारा पाना होगा। हमने इसकी देखभाल करने और धैर्य रखने के लिए इंसानियत के नाते हर संभव कोशिश की है, मुझे नहीं लगता कि कोई भी हम पर कुछ भी ग़लत करने का आरोप लगा सकता है।”

"वह बिल्कुल सही कह रही है", ग्रेगर के पिता ने ख़ुद से कहा। उसकी माँ, जिसे अभी भी सांस लेने का समय नहीं मिला था, वह धीरे-धीरे खांसने लगी और उसकी आँखों में एक विक्षिप्त-सी अभिव्यक्ति थी।

ग्रेगर की बहन दौड़कर उसकी माँ के पास गई और उसके माथे पर अपना हाथ रखा। उसकी बहन के शब्द ग्रेगर के पिता को कुछ ज़्यादा ठोस विचार देते प्रतीत हुए। वह सीधे बैठ गए, भोजन के बाद तीनों जेन्टलमैन द्वारा छोड़ी गई जूठी प्लेटों के बीच अपनी वर्दी की टोपी को हिलाने लगे और ऐसा करते हुए वह कभी-कभी ग्रेगर को देख लेते थे,

जो वहीं गुमसुम और स्थिर पड़ा हुआ था।

"हमें कोशिश करनी होगी और इससे छुटकारा पाना होगा", ग्रेगर की बहन ने कहा, जो अब सिर्फ़ अपने पिता से बात कर रही थी, क्योंकि उसकी माँ खांसने में इतनी व्यस्त थी कि वह सुन भी नहीं पा रही थी। " नहीं तो आप दोनों मर जाएँगे, क्योंकि मुझे आप लोगों की मौत आती हुई दिख रही है। इसके कारण हम सभी उतनी मेहनत नहीं कर सकते जितनी हमें करनी है और फिर घर आकर इस तरह टॉर्चर किया जाए, हम इसे सहन नहीं कर सकते। मैं इसे अब और बर्दाश्त नहीं कर सकती।" और वह इतनी ज़ोर से रोने लगी कि उसके आँसू फिसलकर उसकी माँ के चेहरे पर बहने लगे और माँ के हाथ किसी मशीन की तरह हरकत करके उन्हें पोछने लगे।

"मेरी बच्ची", उसके पिता ने सहानुभूति और साफ इरादे से कहा, "हमें क्या करना है?"

उसकी बहन ने कुछ न कहा क्योंकि अब उसकी पहले वाली दृढ़ता खत्म हो गई थी।

"काश वह हमें समझ पाता", उसके पिता ने लगभग प्रश्न के रूप में कहा। उसकी बहन ने अपने आँसुओं के बीच ज़ोर से हाथ हिलाकर संकेत दिया कि समझने का कोई सवाल ही नहीं है।

ग्रेगर के पिता ने उसकी बहन के इस यकीन को स्वीकार करते हुए कि अपनी आँखें बंद कर ली कि ग्रेगर का उन्हें समझ पाना अब बिल्कुल संभव नहीं है और आँखे बंद करते हुए दोहराया, "काश! वह हमें समझ सकता, तो शायद हम उसके लिए किसी तरह की व्यवस्था कर सकते थे। लेकिन जिस तरह यह है..."

"इसे जाना ही होगा", उसकी बहन चिल्लाई, "यही एकमात्र तरीक़ा है, पिताजी। आपको इस विचार से छुटकारा पाना होगा कि यह ग्रेगर है। इतने लंबे समय तक इस पर विश्वास करके हमने सिर्फ़ ख़ुद को नुक़सान पहुँचाया है। यह ग्रेगर कैसे हो सकता है? अगर ग्रेगर होता तो इसने बहुत पहले ही देख लिया होता कि इंसान के लिए ऐसे जानवर के साथ रहना संभव नहीं है और यह अपनी मर्जी से यहाँ से चला गया होता। तब, मेरा कोई भाई नहीं होता, हम अपनी ज़िन्दगी आराम से जी सकते और उसे भी सम्मान के साथ याद कर सकते थे। अब यह जानवर हम पर अत्याचार कर रहा है, इसने हमारे किरायेदारों को निकाल दिया है, यह साफ है कि यह पूरे फ्लैट पर कब्ज़ा करना चाहता है और हमें सड़कों पर सोने के लिए मजबूर करना चाहता है। पापा देखो, अपनी आँखे खोलो।" वह घबराहट में अचानक चिल्लाई, "वह फिर से हिलना शुरू कर रहा है!" सभी

बातें ग्रेगर की समझ से पूरी तरह बाहर थी। उसकी बहन ने अपनी माँ को भी छोड़ दिया, और ख़ुद कुर्सी से दूर अपने पिता के पास चली गई, उसके पिता बेटी के भागने से ऐसे हरकत में आ कर खड़े हो गए जैसे उसकी रक्षा कर रहे हो।

लेकिन ग्रेगर का किसी को, कम से कम अपनी बहन को डराने का कोई इरादा नहीं था। उसने तो बस मुड़ना शुरू किया था, ताकि वह अपने कमरे में वापस जा सके। वैसे, यह मुड़ना भी अपने आप में काफ़ी चौंकाने वाला था, क्योंकि उसकी दर्द से कराहती हालत का मतलब था कि उठकर जाने के लिए उसे बहुत अधिक कोशिश की ज़रूरत थी और वह इसमें मदद के लिए अपने सिर का उपयोग कर रहा था, बार-बार अपने सिर को उठा रहा था। वह रुका और इधर-उधर देखने लगा। ऐसा लग रहा था कि उन्हें उसके अच्छे इरादे का एहसास हो गया था और वे केवल थोड़े समय के लिए ही चिंतित हुए थे। अब वे सब दुःखी हो चुप होकर उसकी ओर देखने लगे। उसकी माँ अपनी कुर्सी पर पैरों को फैलाकर और एक-दूसरे के ऊपर रखकर लेटी हुई थी। उसकी आँखें थकावट से लगभग बंद थीं। उसकी बहन उसके पिता के गले में बाहें डालकर उनके पास बैठी थी।

"शायद अब वे मुझे घूमने देंगे", ग्रेगर ने सोचा और वापस अपने काम पर लग गया। वह इस कोशिश से जोर-जोर से हाँफने से ख़ुद को नहीं रोक सका और बीच-बीच में उसे रुककर आराम करना पड़ा। अब कोई भी उसे और ज़्यादा परेशान नहीं कर रहा था, सब कुछ उस पर छोड़ दिया गया था। अब वह पूरी तरह मुड़कर कमरे की ओर सीधा आगे बढ़ना शुरू हो गया। वह उस लंबी दूरी से हैरान था, जो उसके और कमरे के बीच थी। उसे समझ नहीं आ रहा था कि उसने थोड़ी देर पहले ही अपनी इस कमजोर हालत में यह दूरी कैसे तय कर ली थी और उस समय उसे इसका पता भी नहीं चला था। उसने जितना हो सके उतनी तेजी से रेंगने पर ध्यान केंद्रित किया और इस बात पर ध्यान नहीं दिया कि उसके परिवार की ओर से उसका ध्यान भटकाने के लिए एक शब्द तक उसे सुनाई नहीं दिया। जब तक वह दरवाज़े तक नहीं पहुँच गया, उसने अपना सिर नहीं घुमाया क्योंकि उसे लगा कि उसकी गर्दन अकड़ रही है, पर बहरहाल, यही देखना काफ़ी था कि उसके पीछे कुछ भी नहीं बदला था, केवल उसकी बहन खड़ी हो गई थी। आखिरी बार जब उसने देखा तो उसकी माँ पूरी तरह सो चुकी थी।

वह मुश्किल से अपने कमरे के अंदर गया ही था कि दरवाज़ा जल्दी से बंद कर दिया गया और कुंडी लगाकर उस पर ताला लगा दिया गया। ग्रेगर के पीछे अचानक हुए इस शोर ने उसे इतना चौंका दिया कि उसके छोटे से पैर उसके ख़ुद के नीचे दब गए। यह

शोर करने वाली उसकी बहन थी, जो इतनी जल्दी में थी की बस वह खड़ी उसके जाने का इंतज़ार कर रही थी, उसके पीछे हौले से आगे बढ़ी, ग्रेगर ने उसे आते हुए बिल्कुल भी नहीं सुना था और जैसे ही उसने ताले में चाबी घुमाई उसने ज़ोर से अपने माता-पिता से कहा "आखिरकार गया!"

"फिर, अब क्या?" ग्रेगर ने अंधेरे में चारों ओर देखते हुए ख़ुद से पूछा। जल्द ही उसे पता चला कि वह अब बिल्कुल भी हिल-डुल नहीं सकता। यह उसके लिए कोई हैरानी की बात नहीं थी, बल्कि ऐसा लग रहा था कि वास्तव में छोटे पैरों पर घूम पाना काफी मुश्किल था। यह सच है कि उसका पूरा शरीर दर्द कर रहा था, लेकिन दर्द धीरे-धीरे कम होता जा रहा था और अंततः पूरी तरह से गायब हो गया। वह अपनी पीठ में सड़े हुए सेब या उसके आस-पास के सूजन वाली जगह को तो पहले से ही महसूस नहीं कर पा रहा था, जो पूरी तरह से सफ़ेद धूल से ढकी हुई थी। उसने भावुकता और प्रेम से वापस अपने परिवार के बारे में सोचा। उसे लगा कि यदि यह संभव होता, तो कितना अच्छा होता कि जितना उसकी बहन उससे दूर हुई है, वह भी उतारो दूर हो जाता। वह इसी तरह खाली और शांतिपूर्ण चिंतन की स्थिति में रहा जब तक कि उसने सुबह तीन बजे घंटाघर की घंटी नहीं सुनी। उसने देखा कि धीरे-धीरे खिड़की के बाहर भी हर जगह रोशनी होने लगी थी। फिर, उसके न चाहते हुए भी, वह गिर गया और उसकी सांसें धीमी गति से चलने लगी।

सुबह-सुबह जब नौकरानी आती थी तो - सब लोग अक्सर उससे दरवाज़ा जोर से बंद न करने के लिए कहते थे, लेकिन अपनी ताकत और जल्दबाजी के चलते वह फिर भी यही करती थी, कभी-कभी ऐसा लगता था मानों वह सभी को फ़्लैट में बता रही है की वह कब आई है, लेकिन उसके आने बाद से शांति से सोना असंभव था - उसने ग्रेगर पर रोजाना की तरह अपनी उड़ती सी नज़र डाली, तो पहले तो उसे कुछ खास नहीं लगा। उसने सोचा कि वह मरने की भूमिका निभाते हुए जानबूझकर वहाँ लेटा हुआ था; उसने अपनी समझ के हिसाब से हर संभव समझ प्रयास किया। उसके हाथ में लंबी झाड़ू थी, इसलिए उसने दरवाज़े से ग्रेगर को गुदगुदी करने की कोशिश की। जब उसे इसमें कोई सफलता नहीं मिली, तो उसे परेशान करने की कोशिश की और उस पर थोड़ा प्रहार किया। फिर, जब उसे पता चला कि वह बिना किसी विरोध के उसे फर्श पर धकेल सकती है, तब उसने ध्यान देना शुरू किया। उसे जल्द ही एहसास हो गया कि वास्तव में क्या हुआ था। उसने अपनी आँखें दहशत के मारे बड़ी करते हुए देखा और एक आह भरी, लेकिन उसने जरा भी समय बर्बाद न करते हुए बेडरूम के दरवाज़े झटके से खोले और वहीं

बेडरूम के अंधेरे में जोर से चिल्लाई: "आओ और इसे देखो, यह मर चुका है, बस वहीं पड़ा है, कब का मर चुका है!'

मिस्टर और मिसेज सैम्सा अपने विवाह वाले बेड पर सीधे बैठे ही थे और नौकरानी के आने के कारण हुए शोर से उबरने की कोशिश ही कर रहे थे, इससे पहले कि वे समझ पाते कि वह क्या कह रही थी। लेकिन फिर भी सभी अपनी-अपनी ओर से जल्दी से बेड से उठ गया। मिस्टर सैम्सा ने कम्बल अपने कंधों पर डाल लिया, मिसेज सैम्सा अपनी नाइटड्रेस में ही बाहर आ गईं और इस तरह वे ग्रेगर के कमरे में चले गए। बीच में उन्होंने लिविंग रूम का दरवाज़ा खोला जहाँ तीन जेन्टलमैन के आने के बाद से ग्रेटे सोती थी। वह पूरी तरह से तैयार थी जैसे कि वह कभी सोई ही न हो और उसके चेहरे का पीलापन इस बात की पुष्टि कर रहा था। "मर गया?" मिसेज सैम्सा ने नौकरानी की ओर प्रश्नवाचक दृष्टि से देखते हुए पूछा, हालाँकि वह खुद भी जाँच कर सकती थी और बिना जाँचे भी यह जान सकती थी। "वहीं हुआ जो मैंने अभी कहा", नौकरानी ने उत्तर दिया और इसे साबित करने के लिए उसने ग्रेगर के शरीर को झाड़ू से हिलाया, जिससे वह पलट गया। मिसेज सैम्सा ने ऐसी हरकत की मानो वह झाड़ू को रोकना चाहती हो, लेकिन वह ऐसा नहीं कर पाई। "अब तो", मिस्टर सैम्सा ने कहा, "आओ इसके लिए ईश्वर से प्रार्थना करें"। उसके पिता ने ईसाई रीति के अनुसार हाथ से क्रॉस बनाया और तीनों महिलाओं ने उनको देखा-देखी वैसा ही किया। ग्रेटे, जिसने अपनी आँखें लाश से नहीं हटाई थीं, उसने कहा, "जरा देखो, वह कितना पतला हो गया था। इतने दिनों तक उसने कुछ नहीं खाया। खाना वैसा ही बाहर आ जाता जैसा अंदर गया था।" ग्रेगर का शरीर वास्तव में पूरी तरह से सूख कर सपाट हो गया था, जिसे उन्होंने पहले नहीं देखा था। अब वह अपने छोटे-छोटे पैरों पर नहीं खड़ा था और न ही वह बाहर देखने के लिए झांक रहा था।

"ग्रेटे, थोड़ी देर के लिए हमारे साथ यहाँ आओ", मिसेज सैम्सा ने दर्द भरी मुस्कान के साथ कहा और ग्रेटे अपने माता-पिता के पीछे-पीछे बेडरूम में चली गई, लेकिन उसने एक बार फिर पीछे मुड़कर उसकी लाश की ओर देखा। नौकरानी ने दरवाज़ा बंद कर दिया और खिड़की खोल दी। हालाँकि अभी भी सुबह का समय था, लेकिन ताज़ी हवा में कुछ गर्माहट घुली हुई थी। आख़िरकार मार्च का अंत हो चुका था।

तीनों जेन्टलमैन अपने कमरे से बाहर निकले और हैरानी से चारों ओर अपने नाश्ते की ओर देखने लगे, जिसके बारे में परिवार भूल गया था। "हमारा नाश्ता कहाँ है?", बीच वाले जेन्टलमैन ने चिढ़कर नौकरानी से पूछा। नौकरानी ने बस अपने होठों पर उंगली

रखी और उन लोगों को तुरंत मौन होने का इशारा किया और कहा वह चाहे तो ग्रेगर के कमरे में जा सकते हैं। उन्होंने वैसा ही किया और ग्रेगर की लाश के चारों ओर कोट की जेबों में हाथ डालकर खड़े हो गए। अब कमरे में काफ़ी रोशनी थी।

तभी बेडरूम का दरवाज़ा खुला और मिस्टर सैम्सा अपनी वर्दी में एक हाथ की तरफ अपनी पत्नी और दूसरी तरफ अपनी बेटी के साथ दिखाई दिए। वे सभी थोड़ा रो रहे थे। ग्रेटे बार-बार अपने पिता की बांह पर मुंह दबाकर रो रही थी।

"अब मेरे घर से निकल जाओ!" मिस्टर सैम्सा ने दरवाज़े की तरफ इशारा करते हुए तीनो जेन्टलमैन से कहा और दोनों माँ और बेटी को अपने पास ही रखा। "क्या मतलब है आपका?" तीन जेन्टलमैन में से बीच वाले जेन्टलमैन ने फीकी मुस्कान के साथ निराश होकर पूछा। जबकि बाकी दोनों जेन्टलमैन ने झगड़े की आशंका से अपने हाथों को अपनी पीठ के पीछे करके उन्हें लगातार रगड़ना शुरू कर दिया, क्योंकि उन्हें उम्मीद थी की अब झगडा होगा और चाहे कुछ हो जाए, उन्हें सिर्फ़ अपने पक्ष में ही इस झगडे को समाप्त करना था। "मेरा मतलब वही है जो मैंने अभी कहा", मिस्टर सैम्सा ने उत्तर दिया, पहले तो वह जेन्टलमैन वहीं खड़ें रहें, उनमें से एक जमीन की ओर ऐसे देख रहा था मानो उसके दिमाग कुछ चल रहा हों। तभी वह आदमी अपने दो साथियों के साथ सीधे मिस्टर सैम्सा की ओर आगे बढ़ा।"ठीक है, फिर हम चलें जाएँगे" उन्होंने कहा और मिस्टर सैम्सा की ओर देखा जैसे कि वह अचानक उनकी विनम्रता देखकर अभिभूत हो गए होंगे और अपने निर्णय के लिए मिस्टर सैम्सा से फिर से अनुमति चाहते हों। मिस्टर सैम्सा ने केवल अपनी आँखें सामान्य से बड़ी करते हुए, कई बार धीरे से उसकी ओर सिर हिलाया। फिर, बिना ज़्यादा देरी किए वह आदमी वास्तव में लंबे-लंबे डग भरता हुआ सामने के ग़लियारे में चला गया। उसके दो दोस्तों ने, कुछ समय पहले अपने हाथ रगड़ना बंद कर दिया था और जो कहा जा रहा था उसे सुन रहे थे। अब वे अपने दोस्त के पीछे भाग पड़े जैसे कि उन्हें अचानक यह डर सता रहा हो कि कहीं मिस्टर सैम्सा उनके सामने दालान में न आ जाएँ और उनके साथी नेता जो कमरे में चला गया था उसका लिहाज ही न छोड़ दें। वहाँ पहुँचकर तीनों ने स्टैंड से अपनी टोपियाँ लीं, होल्डर में लटकी हुई अपनी छड़ियाँ लीं, वे बिना कुछ बोले परिसर से बाहर चले गए। मिस्टर सैम्सा और दोनों माँ-बेटी सीढ़ियों तक उनके पीछे-पीछे गए, लेकिन उनके पास, तीनो लोगों के इरादों पर शक करने का कोई कारण नहीं था और जैसे ही उन्होंने सीढ़ियों से झुककर देखा तो वे देख सकते थे कि कैसे तीनों जेन्टलमैन धीमी गति से लेकिन बिना रुके सीढ़ियों से नीचे की ओर

बढ़ रहे थे। वे सीढ़ियों से जितना नीचे जाते गए, सैम्सा परिवार की उनमें रुचि उतनी ही कम होती गई। फिर एक कसाई का लड़का जो अपने सिर पर ट्रे रखकर, ऊपर आते समय उनके पास से गुजरा तो मिस्टर सैम्सा और दोनो माँ-बेटी सीढ़ियों से दूर आ गए और वापस फ्लैट में चले गए, जैसे उन्हें बड़ी राहत मिल हो।

उन्होंने तय कर लिया कि आज के दिन का उपयोग आराम करने और टहलने के लिए करेंगे, शायद इस दिन के उपयोग का यही सबसे अच्छा तरीक़ा है। आज न केवल उन्हें काम से छुट्टी मिली थी, बल्कि उन्हें इसकी सख्त ज़रूरत भी थी। इसलिए, वे मेज पर बैठ गए और तीनों ने माफ़ी के तीन पत्र लिखे। मिस्टर सैम्सा ने अपने एम्पलॉयर्स को, मिसेज सैम्सा ने अपने ठेकेदार को और ग्रेटे ने अपने मालिक को। जब वे लिख रहे थे तभी नौकरानी अंदर आई और उन्हें बताया कि वह जा रही है, क्योंकि उसने सुबह का अपना काम ख़त्म कर लिया था। पहले तो उन तीनों ने, जो वे लिख रहे थे, उससे बिना नज़र हटाए और ऊपर देखे हाँ में अपना सिर हिला दिया, लेकिन नौकरानी अभी भी वहाँ से जाना नहीं चाह रही थी "अच्छा, क्या हुआ?" मिस्टर सैम्सा ने चिढ़कर ऊपर देखा और पूछा। नौकरानी चेहरे पर मुस्कुराहट लिए दरवाज़े पर खड़ी थी जैसे कि उसके पास बताने के लिए कोई जबरदस्त, अच्छी खबर हो, लेकिन वह तभी बताएगी जब उससे साफ-साफ पूछा जाएगा। "अब तुम क्या चाहती हो?", मिसेज सैम्सा ने पूछा, जिसके लिए नौकरानी मन ही मन सोच रही थी की उससे पूछा जाए। "हाँ", उसने जवाब दिया और उसके होठों से दोस्ताना हंसी फूट पड़ी, जिससे वह सीधे तौर पर बात कर पाई, "ठीक है, वहाँ वह जो 'चीज़' मौजूद है, आपको इस बारे में चिंता करने की ज़रूरत नहीं है कि आप इससे कैसे छुटकारा पायेंगे। वह सब सुलझा लिया गया है।" मिसेज सैम्सा और ग्रेटे अपने पत्रों पर इस तरह झुक गईं मानो वे जो लिख रही थी, उसे लिखना जारी रखना चाहती हो। मिस्टर सैम्सा ने देखा कि नौकरानी हर चीज़ का विस्तार से वर्णन करना चाहती थी, लेकिन उन्होंने हाथ आगे बढ़ाकर साफतौर पर उसे मना कर दिया। इसलिए, जब उसे सब कुछ बताने से रोका गया, तो उसे अचानक याद आया कि वह कितनी जल्दी में थी और साफ-साफ रूप से चिढ़ते हुए उसने चिल्लाकर कहा, "फिर अलविदा, सबको", वह तेजी से घूमी और चली गई, जाते समय उसने दरवाज़ा बुरी तरह से पटक दिया।

"उसे आज रात को आने के लिए मना कर देते है" मिस्टर सैम्सा ने कहा, लेकिन उन्हें अपनी पत्नी या बेटी की ओर से कोई जवाब नहीं मिला, क्योंकि उन्हें ऐसा लग रहा था कि नौकरानी ने उस शांति को खत्म कर दिया है, जो उन्हें अभी-अभी मिली थी। वे

उठी और खिड़की के पास चली गयी जहाँ वे एक-दूसरे की बाँहों में बाँहें डाले बैठी रही। मिस्टर सैम्सा उन्हें देखने के लिए अपनी कुर्सी पर घूमे और कुछ देर वहीं बैठे उन्हें देखते रहे। फिर उन्होंने पुकारा "अब यहाँ आ जाओ। आओ, हम उन सभी पुरानी बातों को भूल जाएँ। आओ और मेरे साथ भी थोड़ा वक्त बिताओ।" दोनों माँ-बेटी ने तुरंत वैसा ही किया जैसा उन्होंने कहा था, वे जल्दी से उनके पास गईं और उन्हें प्यार से गले लगाया और फिर उन्होंने जल्दी से अपने-अपने पत्र समाप्त कर दिए।

इसके बाद, तीनों एक साथ फ्लैट से बाहर निकल गए, उन्होंने महीनों से ऐसा कुछ नहीं किया था। उनके पास खुली हवा में साँस लेने के साथ गर्म धूप थी, जिसे वह महसूस कर रहे थे। अब वह ट्राम में शहर के बाहर खुले इलाक़े में जाने के लिए अपनी सीटों पर आराम से पीछे सहारा लेकर बैठे, तब उन्होंने अपने भविष्य की संभावनाओं पर चर्चा की और बारीकी से इस बात पर विचार करते हुए इस नतीजे पर पहुँचे कि वे इतनी भी बुरी हालत में भी नहीं है। सब कुछ जैसे उनके लिए था - इससे पहले उन्होंने एक-दूसरे से उनके काम के बारे में कभी नहीं पूछा था, एक अच्छी बात यह थी कि उन तीनों के पास नौकरियाँ थीं, जो बहुत अच्छी थीं और विशेष रूप से भविष्य के लिए अच्छी संभावनाएँ दिखा रहीं थीं कि वास्तव में, घर बदलने से काफ़ी आसानी से इस बुरे समय में सुधार किया जा सकेगा। अब उन्हें एक ऐसे फ़्लैट की ज़रूरत थी, जो ग्रेगर द्वारा चुने गए मौजूदा फ़्लैट से छोटा और सस्ता हो, जो अच्छी जगह पर हो और इन सबसे बढ़कर, ज़्यादा प्रेक्टिकल हो। ग्रेटे जैसे हर समय जीवंत होती जा रही थी। पिछले कुछ समय से चल रही सारी चिंताओं के कारण उसके गाल पीले पड़ गए थे, लेकिन जब वे आपस में बात कर रहे थे तो, मिस्टर और मिसेज सैम्सा इस विचार से दंग थे कि कैसे उनकी बेटी एक सुंदर युवती बन गई है। वे बिना कुछ कहे, बस एक-दूसरे से नज़रों ही नज़रों में इस बात पर सहमत हो गए कि जल्द ही उसके लिए एक अच्छा लड़का ढूँढ़ने का समय आने वाला है। वे अपने नए सपनों और इरादों की सोच में डूबे हुए ही थे कि इतने में उनका गंतव्य स्थान आ गया, जहाँ उन्हें जाना था, जिसे देख ग्रेटे उत्साह के साथ सबसे पहले सीट से उठी और सफ़र की थकान उतरने के लिए अंगडाई लेने लगी।

▲▲▲

पुस्तक के बारे मे

एक सुबह जब ग्रेगर सैम्सा अपने बिस्तर से उठता है, तो वह ख़ुद को एक विशाल कीड़े में बदला हुआ देखकर हैरान रह जाता है। अब वह यह सोच कर परेशान है कि मेरे बिना मेरे परिजनों का क्या होगा? मुझे अपना शेष जीवन इसी अवस्था में बितानाहोगा।

उसके लिए जीवन अब खत्म होती मानवीयता और लगातार परिवर्तित होती भौतिक परिस्थितियों के बीच सामंजस्य स्थापित करने का संघर्ष बन जाता है। इस प्रकार कायापलट (मेटामॉर्फोसिस) की शुरूआत होती है। जब व्यक्ति अपनों के बीच अपनों से भिन्न होता है, तो जीवन की अर्थहीनता, मन व शरीर के बीच का अंतर और सीमाओं में बंधी सहानुभूति एक साथ सामने आती है।

इस पुस्तक को बीसवीं सदी के कथा साहित्य के मौलिक कार्यों में से एक के रूप में क्लॉसिक का दर्जा हासिल है।

ISBN	TITLE
9788194914129	1984
9789390575220	1984 & Animal Farm (2In1)
9789390575572	1984 & Animal Farm (2In1): The International Best-Selling Classics
9789390575848	35 Sonnets
9789390575329	A Clergyman's Daughter
9789390575923	A Study In Scarlet
9789390896097	A Tale Of Two Cities
9789390896837	Abide in Christ
9789390896202	Abraham Lincoln
9789390896912	Absolute Surrender
9789390896608	African American Classic Collection
9789390575305	Aldous Huxley: The Collected Works
9789390896141	An Autobiography of M. K. Gandhi
9789390575886	Animal Farm
9789390575619	Animal Farm & The Great Gatsby (2In1)
9789390575626	Animal Farm & We
9789390896158	Anna Karenina
9789390575534	Antic Hay
9789390896165	Antony & Cleopatra
9789390896172	As I Lay Dying
9789390896226	As You like it
9789390575671	At Your Command
9789390575350	Awakened Imagination
9789390575114	Be What You Wish
9789390896233	Believe In yourself
9789390896998	Best of Charles Darwin: The Origin of Species & Autobiography
9789390896684	Best Of Horror : Dracula And Frankenstein
9789390575503	Best Of Mark Twain (The Adventures of Tom Sawyer AND The Adventures of Huckleberry Finn)
9789390896769	Black History Collection
9789390575756	Brave New World, Animal Farm & 1984 (3in1)

9789390896240	Brother Karamzov
9789390575053	Bulleh Shah Poetry
9789390575725	Burmese Days
9789390896257	Bushido
9789390896066	Can't Hurt Me
9788194914112	Chanakya Neeti: With The Complete Sutras
9789390896042	Crime and Punishment
9789390575527	Crome Yellow
9789390575046	Down and Out in Paris and London
9789390896844	Dracula
9789390575442	Emersons Essays: The Complete First & Second Series (Self-Reliance & Other Essays)
9789390575749	Emma
9789390575817	Essential Tozer Collection - The Pursuit of God & The Purpose of Man
9789390896578	Fascism What It Is and How to Fight It
9789390575688	Feeling is the Secret
9789390575190	Five Lessons
9789390575954	Frankenstein
9789390575237	Franz Kafka: Collected Works
9789390575282	Franz Kafka: Short Stories
9789390575060	George Orwell Collected Works
9789390575077	George Orwell Essays
9789390575213	George Orwell Poems
9788194914150	Greatest Poetry Ever Written Vol 1
9788194914143	Greatest Poetry Ever Written Vol 1
9789390896301	Gulliver's Travel
9789390575961	Gunaho Ka Devta
9789390575893	H. P. Lovecraft Selected Stories Vol 1
9789390575978	H. P. Lovecraft Selected Stories Vol 2
9789390896059	Hamlet
9789390575022	His Last Bow: Some Reminiscences of Sherlock Holmes
9789390896134	History of Western Philosophy
9789390575121	Homage To Catalonia

9789390896219	How to develop self-confidence and Improve public Speaking
9789390896295	How to enjoy your life and your Job
9789390575633	How to own your own mind
9789390896318	How to read Human Nature
9789390896325	How to sell your way through the life
9789390896370	How to use the laws of mind
9789390896387	How to use the power of prayer
9789390896028	How to win friends & Influence People
9788194824176	How To Win Friends and Influence People
9789390896103	Humility The Beauty of Holiness
9789390896653	Imperialism the Highest Stage of Capitalism
9789390575084	In Our Time
9789390575169	In Our Time & Three Stories and Ten poems
9789390575145	James Allen: The Collected Works
9789390896189	Jesus Himself
9789390575480	Jo's Boys
9789390896394	Julius Caesar
9789390575404	Keep the Aspidistra Flying
9789390896400	Kidnapped
9789390896424	King Lear
9789390575824	Lady Susan
9789390896455	Law of Success
9789390896264	Lincoln The Unknown
9789390575565	Little Men
9789390575640	Little Women
9788194914174	Lost Horizon
9789390896462	Macbeth
9789390896929	Man Eaters of Kumaon
9789390896523	Man The Dwelling Place of God
9789390896349	Man The Dwelling Place of God
9789390575909	Mansfield Park
9788194914136	Manto Ki 25 Sarvshreshth Kahaniya
9789390896509	Marxism, Anarchism, Communism
9789390575664	Mathematical Principles of Natural Philosophy

9788194914198	Meditations
9789390575800	Mein Kampf
9789390575794	Memory How To Develop, Train, And Use It
9789390896486	Mind Power
9789390896585	Money
9789390575039	Mortal Coils
9789390575770	My Life and Work
9789390896035	Narrative of the Life of Frederick Douglass
9789390575152	Neville Goddard: The Collected Works
9789390575985	Northanger Abbey
9789390896530	Notes From Underground
9789390896547	Oliver Twist
9789390575459	On War
9789390575541	One, None and a Hundred Thousand
9789390896554	Othelo
9789390575435	Out Of This World
9789390575015	Persuasion
9789390575510	Prayer The Art Of Believing
9789390575091	Pride and Prejudice
9789390896561	Psychic Perception
9789390575381	Rabindranath Tagore - 5 Best Short Stories Vol 2
9789390575367	Rabindranath Tagore - Short Stories (Masters Collections Including The Childs Return)
9789390575374	Rabindranath Tagore 5 Best Short Stories Vol 1 (Including The Childs Return
9789390896622	Romeo & Juliet
9789390896127	Sanatana Dharma
9789390575596	Seedtime & Harvest
9789390896639	Selected Stories of Guy De Maupassant
9789390575206	Self-Reliance & Other Essays
9789390575176	Sense and Sensibility
9789390575299	Shyamchi Aai
9789390896738	Socialism Utopian and Scientific
9789390896646	Success Through a Positive Mental Attitude
9789390575428	The Adventures of Huckleberry Finn

9789390575183	The Adventures of Sherlock Holmes
9789390575343	The Adventures of Tom Sawyer
9789390896691	The Alchemy Of Happiness
9789390575862	The Art Of Public Speaking
9789390896288	The Autobiography Of Charles Darwin
9788194914181	The Best of Franz Kafka: The Metamorphosis & The Trial
9789390575008	The Call Of Cthulhu and Other Weird Tales
9789390575107	The Case-Book of Sherlock Holmes
9789390896110	The Castle Of Otranto
9789390896745	The Communist Manifesto
9789390575589	The Complete Fiction of H. P. Lovecraft
9789390575497	The Complete Works of Florence Scovel Shinn
9789390896820	The Conquest of Breard
9789390896813	The Diary of a Young Girl
9789390896332	The Diary of a Young Girl The Definitive Edition of the Worlds Most Famous Diary
9789390575701	The Great Gatsby, Animal Farm & 1984 (3In1)
9789390575312	The Greatest Works Of George Orwell (5 Books) Including 1984 & Non-Fiction
9789390575992	The Hound of Baskervilles
9789390896707	The Idiot
9789390896714	The Invisible Man
9789390575657	The Knowledge of the holy
9789390575558	The Law & the Promise
9789390896721	The Law Of Attraction
9789390896776	The Leader in you
9789390896363	The Life of Christ
9789390896196	The Man-Eating Leopard of Rudraprayag
9789390896783	The Master Key to Riches
9789390575268	The Memoirs Of Sherlock Holmes
9789390896479	The Midsummer Night's Dream
9789390575466	The Mill On The Floss
9789390896790	The Miracles of your mind
9789390896660	The Mutual Aid A Factor in Evolution
9789390896448	The Origin of Species

9789390896905	The Peter Kropotkin Anthology The Conquest of Bread & Mutual Aid A Factor of Evolution
9789390896806	The Picture of Dorian Gray
9789390896271	The Picture of Dorian Gray
9789390575275	The Power Of Awareness
9789390896356	The Power of Concentration
9788194824169	The Power of Positive Thinking
9789390575411	The Power of the Spoken Word
9788194914105	The Power Of Your Subconscious Mind
9789390896899	The Power of Your Subconscious Mind
9789390896417	The Principles of Communism
9789390575787	The Psychology Of Mans Possible Evolution
9789390896615	The Psychology of Salesmanship
9789390575732	The Pursuit of God
9789390575398	The Pursuit of Happiness
9789390896851	The Quick and Easy Way to effective Speaking
9789390575947	The Return Of Sherlock Holmes
9789390575138	The Road To Wigan Pier
9789390896981	The Root of the Righteous
9789390575855	The Science Of Being Well
9788194914167	The Science Of Getting Rich, The Science Of Being Great & The Science Of Being Well (3In1)
9789390896011	The Screwtape Letters
9789390896073	The Screwtape Letters
9789390575336	The Secret Door to Success
9789390575695	The Secret Of Imagining
9789390896868	The Secret Of Success
9789390896431	The Seven Last Words
9789390575930	The Sign of the Four
9789390896004	The Sonnets
9789390896516	The Souls of Black Folk
9789390896875	The Sound and The Fury
9789390575244	The State and Revolution
9789390896882	The Story of My Life
9789390896936	The Story Of Oriental Philosophy

9789390896752	The Strange Case of Dr. Jekyll and Mr. Hyde
9789390896943	The Tempest
9789390575916	The Valley Of Fear
9789390575879	The Wind in the willows
9789390896080	The Wind in the willows
9789390575763	Their eyes were watching gofd
9789390575831	Three Stories
9789390896950	Twelfth Night
9789390896592	Twelve Years a Slave
9789390896677	Up from Slavery
9789390896974	Value Price and Profit
9789390896967	Wake Up and Live
9789390896493	With Christ in the School of Prayer
9789390575602	Your Faith is Your Fortune
9789390575473	Your Infinite Power To Be Rich
9789390575251	Your Word is Your Wand
9789390575718	Youth
9789391316099	A Christmas Carol
9789391316105	A Doll's House
9789391316501	A Passage to India
9789391316709	A Portrait of the Artist as a Young Man
9789391316112	A Tale of Two Cities
9789391316747	A Tear and a Smile
9789391316167	Agnes Gray
9789391316174	Alice's Adventures in Wonderland
9789391316136	Anandamath
9789391316181	Anne Of Green Gables
9789391316754	Anthem
9789391316198	Around The World in 80 Days
9789391316013	As A Man Thinketh
9789391316242	Autobiography of a Yogi
9789391316266	Beyond Good and Evil
9789391316761	Bleak House
9789391316778	Chitra, a Play in One Act
9789391316310	David Copperfield

9789391316075	Demian
9789391316785	Dubliners
9789391316051	Favourite Tales from the Arabian Nights
9789391316235	Gitanjali
9789391316068	Gravity
9789391316150	Great Speeches of Abraham Lincoln
9789391316662	Guerilla Warfare
9789391316839	Kim
9789391316822	Mother
9789391316211	My Childhood
9789391316846	Nationalism
9789391316327	Oliver Twist
9789391316853	Pygmalion
9789391316334	Relativity: The Special and the General Theory
9789391316389	Scientific Healing Affirmation
9789391316341	Sons and Lovers
9789391316587	Tales from India
9789391316372	Tess of The D'Urbervilles
9789391316396	The Awakening and Selected Stories
9789391316402	The Bhagvad Gita
9789391316303	The Book of Enoch
9789391316228	The Canterville Ghost
9789391316907	The Dynamic Laws of Prosperity
9789391316006	The Great Gatsby
9789391316860	The Hungry Stones and Other Stories
9789391316433	The Idiot
9789391316440	The Importance of Being Earnest
9789391316297	The Light of Asia
9789391316914	The Madman His Parables and Poems
9789391316457	The Odyssey
9789391316921	The Picture of Dorian Gray
9789391316464	The Prince
9789391316938	The Prophet
9789391316945	The Republic
9789391316518	The Scarlet Letter

9789391316143	The Seven Laws of Teaching
9789391316525	The Story of My Experiments with Truth
9789391316532	The Tales of the Mother Goose
9789391316549	The Thirty Nine Steps
9789391316594	The Time Machine
9789391316600	The Turn of the Screw
9789391316983	The Upanishads
9789391316617	The Yellow Wallpaper
9789391316426	The Yoga Sutras of Patanjali
9789391316990	Ulysses
9789391316624	Utopia
9789391316679	Vanity Fair
9789391316020	What Is To Be Done
9789391316686	Within A Budding Grove
9789391316693	Women in Love

www.ingramcontent.com/pod-product-compliance
Lightning Source LLC
LaVergne TN
LVHW091621170726
843492LV00007B/2538